GRöLS Verlage

„Bücher sind wie Fallschirme. Sie nützen uns nichts, wenn wir sie nicht öffnen."

Gröls Verlag

Redaktionelle Hinweise und Impressum

Das vorliegende Werk wurde zugunsten der Authentizität sehr zurückhaltend bearbeitet. So wurden etwa ursprüngliche Rechtschreibfehler regelmäßig *nicht* behoben, denn kleine Unvollkommenheiten machen das Buch – wie im Übrigen den Menschen – erst authentisch. Mitunter wurden jedoch zum Beispiel Absätze behutsam neu getrennt, um den Lesefluss zu erleichtern.

Um die Texte zu rekonstruieren, werden antiquarische Bücher von Lesegeräten gescannt und dann durch eine Software lesbar gemacht. Der so entstandene Text wird von Menschen gegengelesen und korrigiert – hierbei treten auch Fehler auf. Wenn Sie ebenfalls antiquarische Texte einreichen möchten, finden Sie weitere Informationen auf www.groels.de

Viel Freude bei der Lektüre wünscht Ihnen das Team des Gröls-Verlags.

Adressen

Verleger: Hermann-Josef Gröls,

Im Borngrund 26, 61440 Oberursel

Externer Dienstleister für Distribution & Herstellung:

BoD, In de Tarpen 42, 22848 Norderstedt

Unsere „Edition | Werke der Weltliteratur“ hat den Anspruch, eine der größten und vollständigsten Sammlungen klassischer Literatur in deutscher Sprache zu werden. Nach und nach versammeln wir hier nicht nur die „üblichen Verdächtigen“ von Goethe bis Schiller, sondern auch Kleinode der vergangenen Jahrhunderte, die – zu Unrecht – drohen, in Vergessenheit zu geraten. Wir kultivieren und kuratieren damit einen der wertvollsten Bereiche der abendländischen Kultur. Kleine Auswahl:

Francis Bacon • Neues Organon • **Balzac** • Glanz und Elend der Kurtisanen • **Joachim H. Campe** • Robinson der Jüngere • **Dante Alighieri** • Die Göttliche Komödie • **Daniel Defoe** • Robinson Crusoe • **Charles Dickens** • Oliver Twist • **Denis Diderot** • Jacques der Fatalist • **Fjodor Dostojewski** • Schuld und Sühne • **Arthur Conan Doyle** • Der Hund von Baskerville • **Marie von Ebner-Eschenbach** • Das Gemeindekind • **Elisabeth von Österreich** • Das Poetische Tagebuch • **Friedrich Engels** • Die Lage der arbeitenden Klasse • **Ludwig Feuerbach** • Das Wesen des Christentums • **Johann G. Fichte** • Reden an die deutsche Nation • **Fitzgerald** • Zärtlich ist die Nacht • **Flaubert** • Madame Bovary • **Gorch Fock** • Seefahrt ist not! • **Theodor Fontane** • Effi Briest • **Robert Musil** • Über die Dummheit • **Edgar Wallace** • Der Frosch mit der Maske • **Jakob Wassermann** • Der Fall Maurizius • **Oscar Wilde** • Das Bildnis des Dorian Grey • **Émile Zola** • Germinal • **Stefan Zweig** • Schachnovelle • **Hugo von Hofmannsthal** • Der Tor und der Tod • **Anton Tschechow** • Ein Heiratsantrag • **Arthur Schnitzler** • Reigen • **Friedrich Schiller** • Kabale und Liebe • **Nicolo Machiavelli** • Der Fürst • **Gotthold E. Lessing** • Nathan der Weise • **Augustinus** • Die Bekenntnisse des heiligen Augustinus • **Marcus Aurelius** • Selbstbetrachtungen • **Charles Baudelaire** • Die Blumen des Bösen • **Harriett Stowe** • Onkel Toms Hütte • **Walter Benjamin** • Deutsche Menschen • **Hugo Bettauer** • Die Stadt ohne Juden • **Lewis Caroll** • *und viele mehr….*

Am Wege

Herman Bang

Inhalt

Erstes Kapitel

Der Bahnhofinspektor wechselte seinen Rock zur Ankunft des Zuges.

„Verdammt, wie die Zeit läuft!“ sagte er und reckte die Arme. Er war ein wenig über den Rechnungsbüchern eingeschlummert.

Er zündete eine Zigarre an und ging auf den Perron hinaus. Wenn er so auf und nieder ging, in der strammen Uniform, die Hände in beiden Hosentaschen, sah man ihm noch den Leutnant an. Auch an den Beinen, die hatten die Rundung von der Kavallerie beibehalten.

Fünf, sechs Bauernburschen waren gekommen und standen mit gespreizten Beinen in einem Haufen mitten vor dem Stationsgebäude; der Portier schleppte das Gepäck in einem vereinzelten grün angestrichenen Kasten herbei, der so aussah, als sei er am Wegrande verloren.

Die Pfarrerstochter, die es an Größe mit einem Gardisten aufnehmen konnte, stieß die Perrontür auf und trat auf den Perron.

Der Bahnhofinspektor schlug die Hacken zusammen und grüßte.

„Was wollen das gnädige Fräulein denn heute?“ fragte er. Wenn der Bahnhofinspektor sich auf dem Perron befand, schlug er immer den Ton an, dessen er sich in alten Zeiten bei der Kavallerie auf den Klubbällen bedient hatte.

„Gehen will ich!“ sagte die Pfarrerstochter. Sie hatte ganz eigentümliche, schlenkernde Bewegungen, wenn sie sprach, gleichsam, als wolle sie demjenigen, mit dem sie sprach, einen Schlag versetzen.

„Übrigens kommt Fräulein Abel heute nach Hause.“

„Schon? – Aus der Stadt?“

„Ja–a.“

„Und noch immer glitzert hier nichts?“ Der Bahnhofinspektor bewegte die rechte Hand in der Luft, und die Pfarrerstochter lachte.

„Da haben wir die Familie!“ sagte sie. „Ich hab' mich bedankt und hab' Reißaus genommen!“

Der Inspektor begrüßte die Familie Abel, die Witwe und ihre Älteste, Luise, sie waren von dem Fräulein Jensen begleitet. Die Witwe sah resigniert aus.

„Ja,“ sagte sie, „ich will meine Ida, die Jüngste abholen.“

Frau Abel holte abwechselnd ihre Luise und ihre Jüngste, Ida, ab, Luise im Frühjahr und Ida, die Jüngste, im Herbst.

Sie verbrachten jedesmal sechs Wochen bei einer Tante in der Hauptstadt. „Meine Schwester die Etatsrätin,“ sagte Frau Abel. Die Etatsrätin wohnte im vierten Stockwerk und lebte davon, Störche, die auf einem Bein standen, auf Terrakottagegenstände zu malen. Frau Abel sandte ihre Töchter stets mit allen guten Wünschen fort.

Sie hatte sie jetzt seit zehn Jahren fortgeschickt.

„Was für Briefe haben wir diesmal nicht von Ida der Jüngsten erhalten!“

„Ja – diese Briefe!“ sagte Fräulein Jensen.

„Aber es ist doch besser, seine Küken daheim zu haben,“ sagte Frau Abel, indem sie Luise die Älteste zärtlich ansah. Und Frau Abel mußte bei diesem Gedanken ihre Augen trocknen. Die sechs Monate, die sie zu Hause waren, verbrachten die Küken der Witwe damit, sich zu zanken und neuen Besatz auf alte Kleider zu nähen. Mit der Mutter sprachen sie nie.

„Wie sollte man es in diesem abgelegenen Winkel aushalten, wenn man das Familienleben nicht hätte,“ sagte Frau Abel... Fräulein Jensen nickte zustimmend.

Von der Biegung des Weges her erscholl Hundegebell und ein Wagen fuhr vor.

„Das sind Kjärs,“ sagte die Pfarrerstochter. „Was wollen die?“ Sie ging über den Perron zur Tür.

Ja, Gutsbesitzer Kjär stieg aus dem Wagen. – „Was soll man dazu sagen, legt Madsen sich gerade in der schlimmsten Zeit hin und bekommt den Typhus, so daß man sich telegraphisch einen Stellvertreter besorgen muß – Und der Kuckuck mag wissen, was für einen Halunken man bekommt... Er kommt jetzt."

Gutsbesitzer Kjär trat auf den Perron hinaus.

„Die landwirtschaftliche Akademie hat er durchgemacht, – wenn das nützen kann – und sogar mit den besten Zeugnissen... Na – guten Morgen – Bai!" Der Bahnhofinspektor bekam einen Handschlag.

„Was macht denn Ihre Frau?"

„Ach, – ich danke... Sie holen sich also heute den Verwalter?"

„Ja – abscheuliche Geschichte – und gerade in der schlimmsten Zeit..."

„Na, ein neuer Mann in der Gegend," sagte die Pfarrerstochter und schlenkerte mit dem Arm, als wollte sie ihm schon im voraus eine Ohrfeige geben.

„Den kleinen Stations-Bentzen mitgerechnet, hätten wir also sechs und einen halben..."

Die Witwe ist in fieberhafter Erregung. Sie hatte es zu Hause gesagt, Luise die Älteste solle nicht mit den Zeugstiefeln ausgehen.

Die Schönheit von Luise der Ältesten bestand nämlich in ihren Füßen – schmale, aristokratische Füße...

Und sie hatte es doch gesagt...

Fräulein Luise war drinnen im Wartesaal und zupfte ihren Schleier zurecht. Die Fräulein Abel machten in ausgeschnittenen Kleidern, in Rüschen, Jetperlen und Schleiern.

Bai ging nach der Küche, um seiner Frau die Ankunft des Verwalters zu melden...

Die Pfarrerstochter saß und wippte auf der grün gestrichenen Gepäckkarre. Sie zog die Uhr heraus und sah nach.

„Mein Gott, wie kostbar sich der Mensch macht," sagte sie.

Fräulein Jensen meinte: „Ja – der Zug scheint sich beträchtlich verspätet zu haben." Fräulein Jensen sprach unbeschreiblich korrekt, namentlich wenn sie mit der Pfarrerstochter sprach.

„Das ist nicht der Ton, in dem ich mit meinen Schülern spreche," sagte sie zu der Witwe.

„Aber – da ist ja die schöne Frau!" rief die Pfarrerstochter, und sprang von der Kiste auf, stürzte über den Perron Frau Bai entgegen, die auf die Steintreppe herausgetreten war. Wenn die Pfarrerstochter jemand herzlich begrüßte, sah es aus wie ein gewaltsamer Überfall.

Frau Bai lächelte still und ließ sich küssen.

„Herr Gott!" rief die Pfarrerstochter, „wir bekommen unerwartet einen neuen Hahn auf den Hof. Da ist er."

Man hörte den Lärm des Zuges in der Ferne und das Klappern, als er über die Flußbrücke fuhr. Langsam kam er keuchend und stöhnend über die Wiese.

Die Pfarrerstochter und Frau Bai blieben auf der Treppe stehen. Das Fräulein hatte Frau Bai um die Taille gefaßt.

„Da ist Ida Abel," rief die Pfarrerstochter. „Ich kenne sie an ihrem Schleier." Ein bordeauxroter Schleier wehte aus einem Fenster des Zuges heraus.

Der Zug hielt, und die Türen wurden auf und zu geschlagen. Frau Abel schrie ihr „Guten Tag!" so laut, daß die Insassen aller Nachbarkupees an die Fenster kamen. Ida die Jüngste kniff ärgerlich den Arm der Mutter – sie stand noch auf dem Trittbrett des Wagens: „Es ist ein Herr im Zuge – nach hier – wer ist er?" Es ging wie ein Mühlrad. Ida die Jüngste war auf den Perron getreten. Dort stand der Herr... ein blondbärtiger, sehr besonnen aussehender Herr, der Hutschachtel und Reisetasche aus einem Rauchkupee nahm.

„Und Tante – Tante Mi –" schrie Frau Abel.

„Halt den Mund!“ sagte Ida die Jüngste leise, aber wütend. „Wo ist Luise?“

Luise sprang auf der Steintreppe vor Frau Bai und der Pfarrerstochter hin und her, so kindlich, als stecke ihre Schönheit in Knopfstiefeln.

Unterhalb der Treppe stellte sich der Verwalter Herrn Kjär vor.

„Ja – verteufelte Geschichte – da legt er sich in der schlimmsten Zeit... Na, wir wollen das Beste hoffen...“ Herr Kjär schlug den neuen Verwalter auf die Schulter.

„Gott helfe uns!“ meinte die Pfarrerstochter. „Ein ganz gewöhnliches Haustier.“

Die Grüngestrichene war in den Zug entleert und die Eimer der Molkereigenossenschaft waren aus dem Gepäckwagen geladen. Der Zug begann sich in Bewegung zu setzen, als ein Bauer aus einem Fenster schrie, er habe kein Billet.

Der Zugführer, ein schlanker Jüngling, stramm wie ein Husar, in den eleganten Unaussprechlichen, reichte dem Inspektor zwei Finger und sprang auf das Trittbrett.

Der Bauer fuhr fort zu schreien und sich mit dem Kondukteur zu zanken, der auf dem Laufbrett stand.

Und alle Gesichter auf dem Perron schauten eine Weile dem Zuge nach, der dahinrollte...

„Hm – das war das,“ sagte die Pfarrerstochter und trat mit Frau Bai ins Haus.

„Mein Verwalter, Herr Huus,“ sagte Herr Kjär zu Bai, der vorüberging. Alle drei blieben eine Weile stehen.

Luise die Älteste und Ida die Jüngste fanden einander endlich und begannen mitten in der Tür sich wie wild zu küssen.

„Ach Gott,“ sagte die Witwe, „sie haben sich ja seit sechs Wochen nicht gesehen.“

„Sie haben Glück, Herr Huus," sagte Bai im Klubballton: "Sie treffen gleich die Damen der Gegend... Meine Damen, darf ich Sie bekannt machen?"

Die Fräulein Abel hörten wie auf Kommando auf, sich zu küssen.

„Fräulein Abels," sagte Herr Bai.

„Herr Huus!"

„Ja, ich habe meine Jüngste abgeholt – aus Kopenhagen," sagte die Witwe ganz unmotiviert.

„Frau Abel," sagte Herr Bai.

Herr Huus verbeugte sich.

„Fräulein Linde" – das war die Pfarrerstochter – „Herr Huus."

Das Fräulein nickte.

„Und meine Frau," sagte Bai.

Herr Huus sprach einige Worte und dann gingen alle hinein, um sich nach dem Gepäck umzusehen.

Gutsbesitzer Kjär rollte mit seinem Verwalter davon. Die anderen gingen.

Als sie auf den Weg hinausgekommen waren, hatten sie Fräulein Jensen vergessen. Sie stand noch auf dem Perron und träumte, an einen Signalpfahl gelehnt.

„Fräulein Jensen!" rief die Pfarrerstochter vom Wege her.

Fräulein Jensen fuhr auf. Fräulein Jensen wurde immer schwermütig, wenn sie eine Eisenbahn sah; sie konnte es nämlich nicht vertragen, „etwas davonziehen zu sehen."

„Wirklich ein netter Mensch, der neue Verwalter," sagte Frau Abel, während sie auf dem Wege weiterschritten.

„Ein ganz gewöhnlicher Verwalter," meinte die Pfarrerstochter, die mit Frau Bai Arm in Arm ging. „Hübsche Hände."

Die beiden Küken gingen hinterher und zankten sich.

„Holla! – Fräulein Jensen, weshalb eilen Sie so?“ rief die Pfarrerstochter. Fräulein Jensen sprang wie eine Ziege weit voran zwischen den Pfützen des Weges umher. Sie zeigte infolge der herbstlichen Nässe ihre jungfräulichen Beine.

Sie schritten an einem kleinen Stückchen Wald entlang und bei der Biegung des Weges empfahl sich Frau Bai.

„O, wie die schöne Frau so klein und zierlich aussieht, in dem großen Schal,“ sagte die Pfarrerstochter, indem sie sich Frau Bai einige Male um den Hals warf.

„Adieu...“

„A–dieu...“

„Der geht der Atem nicht aus vom vielen Sprechen!“ sagte Ida, die Jüngste.

Die Pfarrerstochter pfiff.

„Nein, sehen Sie doch – da ist der Herr Kaplan!“ rief plötzlich Frau Abel. „Guten Abend, Herr Pastor... guten Abend!“

Der Kaplan lüftete den Hut. Er müsse doch die Heimkehrenden begrüßen, sagte er.

„Nun, mein Fräulein. – Und Ihr Befinden?“

„Ich danke,“ erwiderte Fräulein Abel.

„Und Sie haben einen Nebenbuhler bekommen, Herr Pastor,“ sagte Frau Abel.

„So? Wo?“

„Herr Kjär hat eben seinen neuen Verwalter abgeholt – einen recht ansprechenden Menschen, nicht wahr, Fräulein Linde?“

„O ja.“

„Prima, Fräulein Linde?“ fragte der Kaplan.

„Ff," erwiderte die Pfarrerstochter.

Die Pfarrerstochter und der Kaplan sprachen stets in diesem Jargon, wenn sie mit Freunden zusammen waren, und sagten eigentlich nie ein vernünftiges Wort. Sie lachten über ihre eigenen Dummheiten, so daß sie beinahe platzten.

Die Pfarrerstochter ging nie mehr in die Kirche, wenn der Kaplan predigte, seit sie ihn an einem Sonntag fast dazu gebracht hatte, während des Vaterunsers auf der Kanzel zu lachen.

„Fräulein Jensen läuft davon, als ob sie Feuer unter den Sohlen hätte," sagte der Kaplan.

Fräulein Jensen war noch immer voran.

Sie kamen an den Pfarrhof, den ersten Hof im Dorfe, und die Pfarrerstochter und der Kaplan verabschiedeten sich an der Gartenpforte.

„Adieu – Fräulein Jensen," rief Fräulein Linde ihr auf dem Wege nach. Es wurde ihr mit einer piepsenden Stimme geantwortet.

„Wie war er, der Verwalter?" fragte der Kaplan, als sie in den Garten gekommen waren. Der Ton war hier ein ganz anderer.

„Mein Gott," sagte Fräulein Linde, „ein netter Landmann."

Schweigend gingen sie nebeneinander durch den Garten.

„Hm!" sagte Fräulein Ida – die Familie Abel hatte jetzt Fräulein Jensen erreicht, die auf einer trocknen Stelle stand und auf sie wartete, – „auf *den* Leim gehe ich nicht, daß er gekommen ist, um mir guten Tag zu sagen."

Sie gingen wieder eine Strecke, dann sagte Fräulein Jensen:

„Es gibt so viele Arten Menschen."

„Ja..." sagte Frau Abel.

„Ich lege keinen Wert darauf, mit der Familie Linde zusammenzutreffen," sagte Fräulein Jensen... „ich gehe ihr am liebsten aus dem Wege."

Fräulein Jensen ging seit acht Tagen „aus dem Wege“, seit Pastor Linde *Worte* gebraucht hatte…

„Frau Abel,“ sagte Fräulein Jensen… „was vermag ein alleinstehendes Frauenzimmer? Ich habe es dem Pastor gesagt: ›Herr Pastor‹ sagte ich, ›Sie *interessieren* sich für die Freischule… deshalb senden die Eltern ihre Kinder in die Freischule.‹

Und was antwortete er mir – Frau Abel?… Ich spreche nicht mehr mit Pastor Linde über die mir früher zugestandene Unterstützung… Er hat im Gemeinderat gegen mich gesprochen, und dieser hat daraufhin meinem Institut (Fräulein Jensen sagte Institot) die Hälfte der Unterstützung entzogen. Ich werde fortfahren, meine Pflicht zu tun – selbst wenn sie mir die letzte Hälfte auch noch nehmen. – Ich spreche nicht mehr mit Pastor Linde über die Unterstützungsangelegenheit.“

Die drei Damen waren in den kleinen Weg eingebogen, der zu dem „Gehöft“ führte, einem alten weißen Gebäude mit zwei Seitenflügeln.

Die Witwe Abel wohnte in dem Flügel rechts, Fräulein Jensens Institut befand sich links.

„Daß man sie nun beide wieder hat,“ sagte Frau Abel, sie verabschiedeten sich auf dem Hofe.

„Meine Güte!“ sagte Ida die Jüngste, als sie ins Haus getreten waren, „wie saht Ihr auf dem Bahnhofe aus – man mußte sich ja schämen.“

„Ich möchte wissen, wie man aussehen soll,“ sagte Luise die Älteste, indem sie den Schleier vor dem Spiegel löste, „wenn du die Kleider mitgenommen hast.“

Die Witwe Abel zog ihre Latschen an.

Es waren keine Sohlen unter ihren Stiefeln. –

Fräulein Jensen hatte endlich den Schlüssel aus ihrer Tasche herausbekommen und öffnete. Drinnen im Zimmer bellte ihr Mops ihr ein paarmal mürrisch entgegen, blieb aber ruhig in seinem Korbe liegen.

Fräulein Jensen legte Hut und Mantel ab, und setzte sich in eine Ecke um zu weinen.

Sie weinte jedesmal, wenn sie allein war, seit Pastor Linde die *Worte* gebraucht hatte.

„Sie interessieren sich für die Freischule, Herr Pastor," hatte sie gesagt, „deshalb senden die Eltern ihre Kinder in die Freischule."

„Ich will Ihnen sagen, Fräulein Jensen, weshalb die Eltern ihre Kinder in die Freischule schicken, weil die Vorsteherin Fräulein Sörensen ihre Sache versteht." *Das* hatte der Pastor gesagt.

Fräulein Jensen hatte die „Worte" nur der Frau des Krugwirts anvertraut. „Und was vermag ein alleinstehendes Frauenzimmer, Madame Madsen?" hatte sie hinzugefügt – „Die einzige Waffe des Weibes sind Tränen."

Fräulein Jensen saß in ihrer Ecke und weinte. Es fing an dunkel zu werden, und schließlich erhob sie sich und ging in die Küche hinaus.

Sie zündete einen kleinen Petroleumkocher an und setzte Wasser zum Tee auf. Dann legte sie ein Tischtuch über eine Ecke des Küchentisches und setzte Brot und Butter neben den einzigen Teller.

Aber während sie alles dies tat, versank sie wieder lange Zeit in Sinnen und dachte aufs neue an die Worte des Pastors.

Der Mops war ihr gefolgt und hatte sich vor seinen leeren Teller auf ein Kissen gelegt. Fräulein Jensen nahm den Teller auf und füllte ihn mit Weißbrot, das in warmem Wasser aufgeweicht worden war, und setzte es nun dem Hunde vor. Dieser verzehrte das Futter fast ohne sich zu rühren.

Fräulein Jensen hatte ein einsames Licht angezündet. Sie trank ihren Tee und aß ein Stück Schwarzbrot mit Butter dazu – sie schnitt es mit dem Messer in zierliche, kleine Vierecke – neben dem Mops. Als sie den Tee getrunken hatte, ging Fräulein Jensen zu Bett. Sie nahm den Mops auf den Arm und legte ihn am Fußende auf das Federbett. Dann nahm sie das Schulprotokoll und legte es auf den Tisch vor dem Bett.

Sie verschloß die Tür und leuchtete mit dem Licht in alle Ecken und unter das Bett.

Dann entkleidete sie sich, kämmte ihre Flechten und hängte sie an den Spiegel.

Der Mops schlief bereits und schnarchte auf dem Federbett.

Fräulein Jensen schlief nicht gut, seit Pastor Linde jene Worte gebraucht hatte. Frau Bai ging auf dem Wege zur Station zurück. Sie öffnete die Gitterpforte und trat auf den Perron. Dieser war ganz leer und so still, daß man die beiden Telegraphendrähte summen hörte.

Frau Bai setzte sich auf die Bank vor der Tür, die Hände in den Schoß gelegt, und blickte über die Felder hinaus. Frau Bai hatte die Gewohnheit, auf solche Weise, wo immer sie einen Stuhl oder eine Bank oder eine Treppenstufe fand, sitzen zu bleiben.

Sie blickte über die Felder hinaus, über die großen Strecken gepflügter Erde und die Wiesen dahinter. Der Himmel war hoch und lichtblau. Da war kein Ruhepunkt für das Auge außer der Filialkirche und diese sah man mit ihrem gezackten Turm am äußersten Rande jenseits der flachen Felder.

Frau Bai fror und erhob sich. Sie ging nach dem Gartenzaun und blickte in den Garten hinein, öffnete die Pforte und trat ein. Der Garten war ein dreieckiger Streif längs der Bahn, vorn befand sich der Küchengarten und in der hintersten Spitze war ein Rasenplatz mit einigen hochstämmigen Rosen vor der Laube unter dem Hollunderbaum.

Sie besah die Rosen, sie fand noch ein paar Knospen. Sie hatten in diesem Sommer treulich geblüht.

Aber nun mußten sie bald bedeckt werden...

Wie die Blätter schon abfielen... aber es gab hier auch keinen Schutz für irgendeine Pflanze.

Frau Bai verließ den Garten wieder und ging an dem Perron entlang in den kleinen Hof hinter dem Bretterzaun. Sie rief das Mädchen, sie wollte den Tauben Futter geben.

Das Mädchen brachte das Korn in einer irdenen Schale und Frau Bai begann die Tauben zu locken und die Körner auf die Steine zu streuen.

Sie liebte die Tauben sehr, das hatte sie von Kindheit an getan. In dem großen Hause daheim in dem Provinzstädtchen war ein Überfluß daran gewesen… Wie sie dort den Taubenschlag über der Werkstattstür umschwärmten… Es war, als höre man ein Girren und Seufzen, wenn man nur an das Haus daheim dachte.

Die Tauben flatterten zu Frau Bai herab und pickten die Körner auf.

„Marie," sagte Frau Bai, „sieh nur, wie bös die gefleckte Taube ist."

Marie, das Dienstmädchen, erschien in der Küchentür und sprach über die Tauben. Frau Bai leerte die Futterschale. „Einige von den Tauben müssen nun zu Bais L'hombregesellschaft geschlachtet werden," sagte sie.

Sie ging die Treppe hinauf: „Wie früh es jetzt dunkel wird," sagte sie, indem sie hineinging.

Im Zimmer herrschte Dämmerung, aber es war warm drinnen, wenn man von draußen kam. Frau Bai setzte sich ans Klavier und spielte.

Sie spielte nie außer in der Dämmerung und stets dieselben drei, vier Melodien, sentimentale kleine Lieder, die sie schleppend und langsam spielte, alle mit demselben Vortrag, so daß sie alle einander glichen.

Wenn sie dasaß und spielte in dem dunklen Zimmer, dachte Frau Bai fast stets an ihr Elternhaus. Sie waren viele Geschwister gewesen und hatten daheim stets viel Abwechslung gehabt.

Sie war die jüngste von allen gewesen. Als der Vater noch lebte, war sie noch so klein, daß sie bei Tische kaum an den Teller reichen konnte.

Der Vater pflegte auf dem Sofa in Hemdärmeln zu sitzen und um den Tisch herum standen alle Kinder und langten nach dem Essen.

„Gerade stehen, Kinder," sagte der Vater. Er saß mit seinem breiten Rücken vornüber gebeugt da, die Arme weit auf den Tisch gelegt.

Die Mutter ging hin und her, holte und brachte das Essen...

Draußen in der Küche aßen alle Lehrjungen aus der Werkstatt an einem langen Tisch. Sie kicherten und zankten sich, so daß man es durch die Tür hören konnte, und plötzlich gerieten sie aneinander, daß man glauben konnte, das Haus stürze zusammen: „Was macht ihr für einen Lärm?" rief der Vater, und schlug drinnen in der Stube auf den Tisch.

Draußen in der Küche wurde es ganz still; nur ein leises Tappen eines einzelnen, der nach dem Gefecht etwas unter dem Tisch suchte.

„Kreuzdonnerwetter!" rief der Vater.

Nach dem Mittag schlief er eine Stunde auf dem Sofa. Er erwachte auf den Glockenschlag:

„Jetzt hat man wohl ausführlich über das Beste der Stadt nachgedacht," sagte er und trank seinen Kaffee, ehe er nach der Werkstatt ging. – –

Als der Vater starb, wurde es freilich ganz anders. Kathinka kam in ein Institut mit den Töchtern des Konsul Lasson und Bürgermeisters Fanny. Und sie wurde auch in das Haus des Konsuls eingeladen... Die anderen Geschwister kamen alle fort, sie allein blieb bei der Mutter.

Diese Jahre waren Kathinkas beste Zeit dort in der kleinen Stadt, wo sie alle kannte und alle sie kannten. Des Nachmittags saßen die Mutter und sie im Wohnzimmer jede an ihrem Fenster auf dem Fenstertritt – die Mutter hatte das Fenster mit dem „Ausguckspiegel" – Kathinka stickte „französisch" oder las.

Die Sonne fiel in hellen Streifen durch die Blumen am Fenster und über den weißen Fußboden...

Kathinka las viele Romane aus der Leihbibliothek von vornehmen Leuten und auch Gedichte, die sie in ein Buch abschrieb.

„Thinka," sagte die Mutter... „da kommt Ida Levy. Sieh nur, sie hat den gelben Hut auf!"

Kathinka sah auf: „Sie geht zur Klavierstunde," sagte sie.

Ida Levy ging vorüber. Da wurde geguckt und genickt; sie fragte mit den Fingern, ob sie zum Halbzehnuhrzug kämen.

„Es ist doch gräßlich, wie Ida Levy ihre Hacken schief tritt," sagte Thinka, die ihr nachsah.

„Das hat sie von ihrer Mutter."

Einer nach dem anderen geht vorüber, der Gutsverwalter und zwei Leutnants, der Gerichtsschreiber und der Doktor. Sie grüßen, und von oben nickt man ihnen zu und macht eine Bemerkung über jeden.

Sie wissen, wohin ein jeder geht und was er da will.

Sie kennen jedes Kleid und jede Blume auf einem Hut. Und sie machen jeden Tag dieselben Bemerkungen über dieselben Dinge.

Minna Helms ging vorüber und nickte.

„Sahst du Minna Helms?" fragte die Mutter.

„Ja." Und Kathinka sieht ihr nach und schneidet Grimassen in der Sonne.

„Sie hat auch bald einen neuen Mantel verdient," sagt sie.

„Die Ärmste – woher soll sie den bekommen?" Die Mutter sieht in den Spiegel... „Ja – miserabel sieht er aus," sagt sie. „Ich glaube auch, sie könnte ihn unten herum einfassen. Aber es ist wohl so, wie Frau Noes sagt – Frau Helms hat nur wenig, aber sie tut auch wenig."

„Wenn doch der Gerichtsschreiber Ernst machen wollte," sagte Kathinka.

Die Uhr wurde fünf und die jungen Mädchen holten einander zu einem Spaziergang ab, und zu zweien gingen sie die Straße auf und nieder und begegneten sich und blieben in Gruppen stehen und lachten und schwatzten und trennten sich wieder...

Aber des Abends nach dem Tee zum Halbzehnuhrzug waren die Mütter mit und es ging stiller zu auf dem Wege nach der Station.

„Kathinka," rief die Mutter, die mit Frau Levy voranging: „siehst du Herrn Leutnant Bai… er hat also heute abend keinen Dienst"…

Herr Bai ging vorüber und grüßte. Und Kathinka nickte ihm zu und wurde rot, denn ihre Freundinnen neckten sie stets mit Herrn Bai…

„Dann will er wohl hin und Kegel spielen," sagte Frau Levy.

Des Sonntags gingen sie in die Kirche zum Hauptgottesdienst. Alle waren festlich gekleidet und sie sangen so, daß es an den Gewölben widerhallte, während die Sonne durch die großen Chorfenster schien. In der Kirche neben Thora Berg zu sitzen war eine wahre Qual.

Sie trieb während der ganzen Zeit, solange der Prediger auf der Kanzel war, allerlei Allotria, bald kniff sie Kathinka in den Arm, bald spottete sie über den alten Prediger…

Ja, Thora Berg war bei allen Torheiten die Anführerin.

Des Abends flog ein Regen von Sand und kleinen Steinen gegen Thinkas Fenster…

Und sie hörten ein Lärmen und Lachen, das die ganze Straße hinabschallte.

„Das ist Thora mit ihren Freundinnen, die aus der Gesellschaft kommen," sagte Thinka. „Sie sind beim Bürgermeister gewesen."

Thora eilte durch die Straßen, wie die wilde Jagd gefolgt von allen jungen Herren. Die ganze Stadt konnte es hören, wenn Thora Berg aus einer Gesellschaft heimkehrte.

Kathinka war Thora Berg die liebste. Sie bewunderte sie und folgte ihr stets mit den Augen, wenn sie zusammen waren. Wohl zwanzigmal des Tages sagte sie daheim:

„Das hat Thora gesagt…"

Eigentlichen Verkehr hatten sie nicht miteinander, aber des Nachmittags, wenn sie spazieren gingen, oder draußen im Pavillon, wo die Abonnementskonzerte der Militärkapelle an jedem zweiten Mittwoch stattfanden, – da sprachen sie miteinander. Kathinka wurde stets ganz purpurrot, wenn sie sich begegneten... Im Pavillon hatte sie auch die erste Bekanntschaft mit Bai gemacht... Er hatte gleich am ersten Abend am meisten mit ihr getanzt.

Wenn sie Schlittschuh liefen, forderte er sie immer auf, mit ihm zu laufen – es war, als flögen sie, fast als trüge er sie... Er verkehrte auch zu Hause bei ihnen...

Alle Freundinnen neckten sie, und in der Gesellschaft beim Zettelschreiben kamen stets ihre Namen zusammen und dann entstand immer ein allgemeines Gekicher.

Und daheim sprach die Mutter unablässig von ihm.

Dann kam ihre Brautzeit. Sie hatte also stets jemand, mit dem sie gehen konnte, am Sonntag zur Kirche und im Winter, wenn sich Schauspieler im Orte befanden, ins Theater, und immer... Und als Bai eine Anstellung erhielt, da kam die arbeitsreiche Zeit mit der Aussteuer und der Einrichtung und was sonst dazu gehörte. Die Freundinnen halfen ihr, alle die Namen zu sticken und bei allem, was gesäumt werden mußte.

Es war zur Sommerzeit und sie saßen oben in der Laube zusammen. Die Nähmaschine rasselte. Eine faltete die Säume, eine andere befestigte die Enden. Und die Freundinnen neckten sie und lachten und plötzlich sprangen sie auf, liefen in den Garten hinaus und rannten unter Lärm und Lachen, wild wie eine Herde Füllen um den Rasenplatz.

Thinka war die stillste von ihnen.

Das war ein Geflüster unter den Freundinnen in allen Ecken, und es fanden Zusammenkünfte bei Levys statt, wo sie den Teppich stickten, auf dem Thinka als Braut vor dem Altar stehen sollte – und Singübungen für Gesänge, die im Chor gesungen werden sollten.

Dann kam der Tag und die Trauung in der geschmückten Kirche – sie war ganz voll von Menschen, Gesicht an Gesicht. Oben bei der Orgel standen alle die jungen Mädchen. Thinka nickte zu ihnen hinauf, dankte und weinte von neuem. Sie hatte die ganze Zeit geweint wie eine Wasserleitung.

Und dann kamen sie hierher – in die Stille.

Im Anfang ihrer Ehe war Thinka stets schreckhaft und ängstlich, als ob jemand sie überfallen wolle.

Da war so vieles, was sie sich nicht gedacht hatte, und Bai war so gewaltsam in vielem, wobei sie selber fast nur litt und duldete, eingeschüchtert und unsicher, wie sie war...

Sie war auch so ganz fremd hier und kannte niemand.

Später kam eine Zeit, wo sie empfänglicher wurde – doch meistens nur lässig in sich versunken, wie es in ihrer ganzen Natur lag.

Sie saß drinnen bei ihrem Mann im Bureau mit ihrer Häkelei und sie sah ihn an, wie er über seinen Tisch gebeugt dasaß – das Haar, das sich leicht lockte, fiel ihr ein wenig in die Stirn.

Sie erhob sich und ging zu ihm hin, schlang den Arm um seinen Hals und wäre am liebsten so bei ihm stehen geblieben, still – wäre ihm gern lange so nahe wie möglich gewesen.

„Mein Kind, ich schreibe ja," sagte Bai.

Sie beugte den Nacken an seinen Mund und er küßte ihn.

„Darf ich jetzt schreiben?" sagte er, indem er sie noch einmal küßte.

„Schreibmaschine!" sagte sie und entfernte sich.

Das Jahr verging. Kathinka glitt mit den Zügen, die kamen und gingen, ins Leben hinein und unter die Leute der Umgegend, die reisten und wieder heimkehrten, Neues brachten und nach Neuem fragten.

Sie fand Umgang mit den Leuten, die in der Gegend wohnten. Dazu trugen Bais L'hombrepartien viel bei, denn jedes zweite Mal begleiteten die Frauen ihre Männer.

Und dann hatte sie den Hund, die Tauben und den Garten. Im übrigen gehörte Frau Bai nicht zu den beweglichen Naturen. Sie bekam nie so viel zustande, daß ihr die Zeit lang wurde. Sie brauchte lange Zeit zu jedem einzelnen Ding und ihr Mann nannte sie: „Kommemorgen."

Kinder bekam sie nicht.

Als Kathinkas Mutter starb, erhielten sie die Erbschaft ausgezahlt. Für zwei einzelne Menschen befanden sie sich im Wohlstand und hatten alles vollauf.

Bai liebte es gut zu essen und bezog aus der Stadt vielen und guten Wein. Er legte sich etwas in die Breite und machte es sich bequem, während sein Assistent die meiste Arbeit verrichtete. Den Leutnant steckte er nur außerhalb seiner vier Pfähle heraus.

Oben im Dorfe hatte er ein Kind.

„Zum Teufel auch!" sagte er zum Gutsbesitzer Kjär, der Junggeselle war... „man ist ja doch ein alter Kavallerist... und das Mädchen war so verliebt wie ein Spatz..."

Das Mädchen ging nach der Katastrophe in die Stadt, während das Kind im Dorfe in Pflege verblieb.

So verging die Zeit.

Kathinka las nicht mehr wie früher, als sie ein junges Mädchen war. In den Büchern standen doch nur lauter Lügen.

In ihrem Sekretär hatte Frau Bai eine große Pappschachtel mit vielen vertrockneten Blumen, kleinen Bändern und Seidenpapiergegenständen mit Devisen von Goldpapierbuchstaben. Es waren ihre alten Kotillonerinnerungen vom Klub her und von dem „letzten Abonnement" im Pavillon, wobei getanzt wurde. Diese Sachen nahm sie während der Winterabende oft hervor und ordnete sie wieder und wieder und suchte sich zu erinnern, wer ihr diesen oder jenen Gegenstand gegeben hatte.

Sie fand gewöhnlich den richtigen und schrieb den Namen des Herrn hinten auf jeden Kotillonorden.

Bai saß indessen am Tisch und trank seinen Grog. „Der alte Trödel!" sagte er.

„Laß es liegen, Bai," sagte sie, „bis ich es geordnet habe." Und sie schrieb ihre Herrennamen weiter.

Sie las auch mitunter in ihrem alten Poesiebuch die Verse, die sie einst abgeschrieben hatte.

In der obersten Schublade unter dem Silberschrank im Sekretär lag ihr Brautschleier und der verwelkte Myrtenkranz.

Auch diese nahm sie hervor, glättete sie und legte sie dann wieder zusammen.

Und sie saß halbe Stunden lang vor der herausgezogenen Schublade und tat nichts, so wie es ihre Gewohnheit war.

Mitunter glättete sie nur den Schleier mit den Händen.

Der Brautschleier begann ganz gelb zu werden.

Aber die Zeit verging auch. Es waren bereits zehn Jahre seitdem verflossen...

Ja – sie war bald eine alte Frau. Sie war zweiunddreißig Jahre alt geworden...

Bais waren in der ganzen Gegend wohlgelitten und als gute und gastfreie Leute bekannt, bei denen die Kaffeekanne sogleich aufs Feuer gestellt wurde, wenn ein Bekannter sich auf der Station einfand.

Bai war ein guter Gesellschafter, und auf der Station befand sich alles in größter Ordnung, wenn er auch selbst gerade nicht sehr eifrig im Dienst war.

Frau Bai war ziemlich still, aber es tat einem stets wohl, ihr mildes Gesicht zu sehen. Sie sah aus wie ein junges Mädchen, wenn sie an den großen L'hombreabenden zwischen den anderen Frauen saß.

„Aber da müßten ein paar Kinder sein," sagte Frau Pastor Linde, wenn sie des Abends mit ihrem Mann von der Station nach dem Pfarrhaus zurückkehrte... „Diese wohlhabenden Leute – die sie ernähren könnten... Es ist wirklich eine Sünde und Schande – daß sie dort so einsam sitzen müssen."

„Der liebe Gott gibt Leben nach seinem Willen, mein Kind," sagte der Pfarrer.

„Ja – Gottes Wille geschehe!“ sagte seine Frau.

Der Pfarrer hatte zehn Kinder gehabt.

Sieben davon hatte der Herr als kleine Kinder geborgen.

Der alte Pastor erinnerte sich seiner sieben Abkömmlinge jedesmal, wenn ein Kind in der Gemeinde begraben wurde.

Frau Bai hatte aufgehört zu spielen. Sie saß da und dachte daran, daß sie eigentlich aufstehen und die Lampe anzünden müsse, aber dann rief sie das Mädchen, daß dieses sie anzünden sollte, und blieb sitzen.

Marie kam mit der Lampe herein. Sie deckte den Tisch zum Abendbrot.

„Was ist die Uhr?“ fragte Frau Bai.

„Der Achtuhrzug ist gemeldet,“ erwiderte das Mädchen.

„Das habe ich gar nicht gehört…“

Frau Bai schlug ein Tuch um ihre Schultern und ging hinaus:

„Ist der Zug schon da?“ fragte sie im Bureau.

„Gleich,“ sagte Bai. Er stand am Telegraphentisch.

„Sind Depeschen da?“

„Ja.“

„An wen?“

„O – oben im Dorfe.“

„Dann muß Anna also gehen und sie hintragen…“

Frau Bai ging auf den Perron hinaus. Sie liebte es sehr, die Züge im Finstern kommen und gehen zu sehen.

Der Laut, anfangs ganz in der Ferne, und dann das Geräusch, wenn der Zug über die Flußbrücke rollte, und das große Licht, das immer näher kam, und endlich die schwere, sich vorwärts wälzende Masse, die sich aus der Nacht herauswand und deutlich zu Wagen wurde, deren erleuchtete Reihe vor ihren Augen hielt mit den Schaffnern und den hellen Postwagen und den Kupees. Wenn dann der Zug wieder fort und das Brausen erstorben war, lag alles wieder schweigend, gleichsam doppelt still da.

Der Stationswärter löschte die Laternen aus; zuerst die eine auf dem Perron, dann die oberhalb der Tür. Man sah nichts mehr als das Licht der beiden Fenster, zwei schmale Lichtbrücken, die in die dichte Finsternis hinausführten.

Frau Bai ging ins Haus.

Sie tranken Tee, und dann las Bai die Zeitungen zu einem Grog oder gar zu zweien. Bai las nur die Regierungsorgane. Er hielt selbst die „Nationalzeitung“ und las außerdem Kjärs „Tageblatt“, das er der Post entnahm. Er schlug auf den Tisch, so daß die Gläser klirrten, wenn politische Gegner „ordentlich einen über den Schnabel bekamen“, und mitunter las er einzelne Sätze laut und lachte dazwischen.

Frau Bai hörte ruhig zu. Sie interessierte sich nicht für Politik und sie wurde auch des Abends sehr schläfrig.

„Nun ist es wohl Zeit,“ sagte Bai.

Er erhob sich, zündete eine Handlaterne an. Er machte seine Runde um zu sehen, ob alles geschlossen und die Weiche für den Nachtzug richtig gestellt sei.

„Du kannst zu Bett gehen, Marie,“ sagte Frau Bai, in die Küche hinausrufend. Sie weckte Marie, die auf dem Holzstuhl saß und schlief.

„Gute Nacht, Frau Inspektorin,“ sagte Marie schlaftrunken.

„Gute Nacht.“

Frau Bai nahm die Blumen in der Stube vom Fensterbrett und stellte sie auf den Fußboden. Dort standen sie während der Nacht in einer Reihe. Bai kam zurück.

„Es wird kalt zur Nacht,“ sagte er.

„Ich dachte es – der Rosen... wegen, – ich sah mich heute nach ihnen um.“

„Ja," sagte er, „sie müssen jetzt zugedeckt werden."

Bai begann sich im Schlafzimmer zu entkleiden. Die Tür stand offen.

Er liebte es, des Abends im Zimmer auf und nieder zu gehen. Vom Schlafzimmer nach dem Wohnzimmer in tiefem Negligee.

„Das Trampeltier!" rief er. Marie trat in der Bodenkammer hart auf.

Frau Bai legte weiße Decken über die Möbel und schloß die Tür zum Bureau.

„Kann ich die Lampe auslöschen?" sagte sie und blies sie aus.

Sie ging ins Schlafzimmer, setzte sich vor den Spiegel und löste ihr Haar.

Bai war in den Unterbeinkleidern und bat um eine Schere.

„Zum Teufel auch, wie mager du wirst," sagte er.

Kathinka nahm den Frisiermantel um.

Bai ging ins Bett, lag da und schwatzte. Sie antwortete in ihrer stillen Weise wie immer, es trat stets eine kleine Pause ein, ehe ihre Worte kamen.

Sie hatten eine Zeitlang geschwiegen, da sagte Bai: „Hm, ein ganz netter Mensch – nicht wahr?"

„Ja, auf den ersten Blick..."

„Was sagt Agnes Linde?..."

„Auch daß er ganz nett sei."

„Hm – einen scharfen Mund hat das Mädchen. Und Gott mag wissen, was für einen L'hombre er spielt..."

Bald darauf schlief Bai.

Wenn Bai schlief, atmete er stark durch die Nase.

Jetzt hatte sich Frau Bai daran gewöhnt.

Sie blieb noch einige Zeit vor dem Spiegel sitzen; sie nahm den Frisiermantel ab und besah ihren Hals.

Ja, sie war wirklich mager geworden.

Das war, seit sie im Frühjahr den schlimmen Husten gehabt hatte.

Frau Bai löschte die Lichter aus und legte sich ins Bett neben Herrn Bai.

Zweites Kapitel

Es war während der kurzen Tage.

Bald fiel andauernd Regen, bald Tauschnee, aber stets sah man einen grauen Himmel und die Luft war feucht. Selbst Fräulein Jensens beste Schüler kamen in Holzschuhen über die Felder zur Schule.

Auf der Station glich der Bahnsteig einem See. Die letzten kleinen Blätter der Gartenhecke wurden vom Winde verjagt. Triefend kamen die Züge; die Schaffner liefen vermummt in nassen Mänteln hin und her. Der kleine Bentzen eilte mit den Postsäcken unter dem Regenschirm herbei.

Kjärs Getreidewagen waren durch geteerte Decken geschützt und die Kutscher saßen in Regenmänteln.

Verwalter Huus fuhr selbst den ersten Wagen zur Station. Es war genug zu tun, die Verladung und Deklarierung nahm viel Zeit in Anspruch.

„Die Leute von Kjärs sind da," rief Bai zu seiner Frau hinein.

Der Verwalter Huus pflegte auf eine halbe Stunde sich des Regenrockes zu entledigen und in Bais Hause eine Tasse Kaffee zu sich zu nehmen.

Während Frau Bai hin und her ging und den Kaffeetisch deckte, arbeiteten Huus und die Knechte auf dem Perron und verluden die Säcke in die Güterwagen. Kathinka sah sie an den Fenstern vorübergehen. Sie sahen so kolossal aus in ihrem geölten Zeug.

Marie, das Mädchen, schwärmte für Huus und pflegte bei ihrer Arbeit stets von ihm zu sprechen.

Sie wurde nie damit fertig, seine Vorzüge hervorzuheben, und gewöhnlich schloß sie mit den Worten:

„Und was für eine Stimme er hat…“

Es war eine weiche, treuherzige Stimme, und niemand wußte, weshalb Marie sich gerade in diese verliebt hatte.

Wenn draußen die Arbeit vollendet war, kam Huus zum Kaffee herein. In den Zimmern war es warm und traulich. Einige Topfpflanzen, die noch im Fenster blühten, strömten ihren Duft aus.

„Das sage ich ja!“ rief Huus, indem er sich die Hände rieb, „bei Frau Bai ist es stets gemütlich.“

Die Gemütlichkeit kam auch mit Huus. Es lag in seinem Wesen eine ruhige Zufriedenheit; viele Worte machte er nicht und selten „erzählte“ er etwas, aber er glitt so hübsch auf muntere Weise in das alltägliche Geplauder hinein, stets in gleich guter Laune. Man fühlte sich gemütlich, wenn er nur da war.

Es kam gerade ein Güterzug, und Bai mußte auf den Perron, um ihn zu expedieren.

Es trat keine Änderung ein, wenn Bai ging, und die beiden andern allein blieben; sie plauderten miteinander oder schwiegen auch. Sie trat ans Fenster und lächelte Bai zu, der draußen in dem Regen umhersprang.

Huus besah Kathinkas Blumen und gab ihr Ratschläge für ihre Pflege. Kathinka trat hin zu ihm und sie besahen zusammen die Pflanzen. Er kannte jede von ihnen, wußte, ob sie im Wachsen begriffen oder ob sie zurückgeblieben war und was in diesem Falle geschehen müsse.

Huus hatte Interesse für alle solche kleinen Dinge, für die Tauben und für die neuen Erdbeerbeete, die jetzt im Herbst angelegt worden waren.

Kathinka fragte ihn um Rat und sie gingen umher und besahen bald dieses, bald jenes.

Bai hatte sich niemals um solche Dinge bekümmert, aber mit Huus verhielt es sich anders, von ihm war immer etwas Neues zu lernen.

Kathinka und der Verwalter hatten daher stets Stoff genug zur Unterhaltung, ruhig und gelassen, wie es in der Natur beider lag.

Es war fast immer irgendein Gegenstand vorhanden, der sozusagen auf Huus' Anwesenheit *wartete* – selbst wenn er auch jeden Tag kam, wie in dieser Zeit, wo man das Korn zur Stadt beförderte.

Fräulein Ida Abel hatte auch oft auf der Station zu tun. Sie kämpfte sich durch den Schmutz des Weges mit einem Brief, der mit der Mittagspost abgehen sollte.

„Mein Gott, was für ein Wetter – Herr Leutnant," sagte sie zu Bai.

„Eine Tasse Kaffee, mein Fräulein – eine kleine innere Stärkung, um dem Wetter widerstehen zu können... Huus ist auch drinnen bei meiner Frau."

„Aber sind denn die Leute vom Gute hier?"

„Ja, mit Getreide."

Ida die Jüngste hatte das nicht geahnt.

Von einem Fenster ihrer Wohnung konnten die „Küken" Rundschau über die ganze Gegend halten.

Ida die Jüngste saß dort während der Vormittagsstunden.

Sie begann die Papilloten aus dem Haar zu nehmen.

„Wo willst du hin?" fragte Luise die Älteste, die mit einem Kräuterkissen auf der Backe umherlief, weil sie Zahnschmerzen hatte.

„Briefe nach der Station bringen."

„Mutter" – Luise heulte förmlich – „nun will Ida schon wieder rennen... Hm – wenn du glaubst, daß du *dort* einen fischen kannst..."

„Geht das dich etwas an?" Ida die Jüngste schlug der Schwester die Tür zum Schlafzimmer vor der Nase zu.

„Meinetwegen, wenn du dich durchaus lächerlich machen willst, – du ziehst aber deine eigenen Stiefel an – das sage ich dir, Ida. Mutter – sage Ida – daß sie ihre eigenen Stiefel anzieht – immer rennt sie mit meinen Knöpfstiefeln nach der Station."

„Pe!“ sagte Ida, während sie das Kräuseln ihrer Stirnlocken beendete.

„Und *meine* Handschuhe – ich verbitte mir das...“ Luise entreißt Ida ein Paar Handschuhe und wiederum werden einige Türen heftig zugeschlagen.

„Was habt Ihr denn, Kinder?“ fragt Frau Abel, die mit nassen Händen aus der Küche herbeieilte; sie hat Kartoffeln geschält.

„Ida stiehlt meine Kleider,“ rief Fräulein Luise vor Wut weinend.

Die Witwe Abel bringt ruhig alles hinter Ida der Jüngsten in Ordnung und kehrt zu ihren Kartoffeln zurück...

– – „Liebe Frau Bai,“ sagte Ida die Jüngste schon in der Tür – „ich komme nicht hinein... Guten Tag, Herr Huus – ich sehe so schrecklich aus bei dem Wetter... Ich gucke nur hinein. Guten Tag...“

Fräulein Abel trat doch ein. Ihr Kleid unter dem Regenmantel war auf der Brust tief ausgeschnitten.

„Man hat so schrecklich viel zu tun, wenn Weihnachten naht... O – Sie erlauben wohl, Herr Huus... daß ich vorbeikomme.“

Fräulein Abel klemmte sich ins Sofa hinein... „Herrlich, ein wenig zu sitzen,“ sagte sie.

Aber lange saß sie nicht, sie fand viel zu viel, was sie bewundern mußte. Fräulein Ida Abel war so jugendlich entzückt.

„Ach, mein Gott – der kleine hübsche Teppich...“ Fräulein Abel mußte den kleinen Teppich befühlen.

„O, – Herr Huus – erlauben Sie“... Sie klemmte sich wieder an ihm vorbei.

Sie befühlte den Teppich... „Mama sagt stets, daß ich flattere,“ sagte Ida die Jüngste.

Frau Abel nannte ihre Töchter mitunter ihre „Flattertauben“, aber der Name fand keinen allgemeinen Anklang, denn bei Luise der Ältesten war der Begriff „Taube“ unbedingt ausgeschlossen.

Und es blieb allgemein bei den „Küken".

Wenn Fräulein Ida Abel gekommen war, dauerte es nicht sehr lange, bis der Verwalter Huus aufbrach.

Es sei nicht viel Platz in einem Zimmer, wo Fräulein Ida sich befinde, meinte er.

Weihnachten nahte heran. Huus reiste wöchentlich einmal in Geschäften nach der Stadt. Er hatte stets für Frau Bai etwas zu besorgen; ihr Mann durfte es aber nicht hören. Die beiden flüsterten drinnen in der Wohnstube längere Zeit, wenn Huus mit dem Zuge gekommen war.

Kathinka meinte, sich seit vielen Jahren nicht so auf Weihnachten gefreut zu haben wie in diesem Jahr.

Das lag auch am Wetter.

Es war heller, klingender Frost geworden und Schnee bedeckte die Erde.

Wenn Huus in der Stadt gewesen war, blieb er auf der Station zum Tee. Er kam mit dem Achtuhrzuge. Frau Bai saß oft noch im Dunkeln.

„Wollen Sie ein wenig spielen?" sagte er.

„O – ich kann nur die paar – – aber wenn Sie sie gern hören wollen..." Er saß auf einem Stuhl in einer Ecke neben dem Sofa.

Kathinka spielte ihre fünf Stücke, die alle einander glichen. Es fiel ihr sonst nie ein, jemand etwas vorzuspielen. Aber Huus saß so ruhig – dort in der Ecke – so daß man ihn gar nicht bemerkte. Und dann war er auch durchaus nicht musikalisch.

Wenn sie gespielt hatte, blieben sie oft eine Weile sitzen, ohne ein Wort zu sprechen, bis Marie mit der Lampe und dem Teeservice kam.

Nach dem Tee nahm Bai den Verwalter ins Bureau.

„Männer müssen auch mal unter sich sein," sagte er.

Wenn sie sich allein befanden, Huus und er, erzählte Bai Liebesabenteuer.

Er hatte auch seine tolle Zeit gehabt... als er die Kriegsschule besuchte, und „Kopenhagen hat schöne Frauenzimmer *gehabt*... Na – – aber jetzt ist es damit zurückgegangen... das heißt, sie gehen jetzt nach Rußland... Ja, das mag gern sein... jedenfalls ist Kopenhagen in dieser Beziehung zurückgegangen... Wenn man Kamilla – Kamilla Andersen gekannt hat – braves Mädchen – brillantes Mädchen – aber sie nahm ein trauriges Ende... sie stürzte sich aus dem Fenster... *ehrgeiziges* Mädchen." Bai blinzelte mit den Augen. Huus tat, als ob er Kamillas Ehrgeiz begriffe.

„Sehr ehrgeiziges Mädchen... kannte sie ganz genau."

Bai schwatzte während der ganzen Zeit. Huus rauchte seine Zigarre und sah nicht gerade sehr interessiert aus.

„Ich frage ja auch," fuhr Bai fort, „die jungen Leute, wenn sie in den Ferien im Pfarrhof oder sonst auf dem Lande sich einfinden: ›Was habt Ihr jetzt für Frauenzimmer in Kopenhagen?‹ frage ich. ›Ist es gut damit bestellt?‹ Dann antworten sie: ›Na, es geht, alter Freund, unbedeutende Mädchen‹."

„Ja – sie gehen nach Rußland, sagt man, kann wohl sein."

Huus sprach keine Meinung darüber aus, wohin die Mädchen gingen. Er sah nach der Uhr.

„Es ist wohl Zeit aufzubrechen," sagte er.

„Ach – was..."

Aber Huus mußte fort: er habe dreiviertel Stunde Wegs zu gehen...

Sie gingen zu Frau Bai hinein.

„Wollen wir nicht Herrn Huus begleiten?" sagte sie. „Das Wetter ist so schön..."

„Ja, das können wir – dann bekommen die Beine ein wenig Bewegung..." Sie begleiteten ihn.

Kathinka ging an Bais Arm; Huus auf ihrer anderen Seite. Der Schnee auf dem Wege knirschte unter ihren Füßen.

„Wieviel Sterne da in diesem Jahr sind!“ sagte Kathinka.

„Ja, Tik, vielmehr als im vorigen Jahr.“ Bai war stets guter Laune, wenn er allein in Männergesellschaft gewesen war.

„Ja, ich glaube es fast,“ sagte Kathinka.

„Merkwürdig ist das Wetter übrigens,“ bemerkte Huus.

„Ja,“ sagte Bai, „diese Kälte schon vor Weihnachten.“

„Und die hält über Neujahr hinaus.“

„Meinen Sie…“

Dann trat Schweigen ein, und als sie wieder sprachen, war die Unterhaltung ähnlich.

Bei der Biegung des Weges verabschiedete sich das Ehepaar.

Frau Bai summte auf dem Heimweg eine Melodie vor sich hin. Als sie nach Hause kamen, blieb sie in der Tür stehen, während Bai die Handlaterne holte und die Weiche für die Nacht inspizierte.

Er kehrte zurück. „Nun,“ sagte er.

Kathinka sog tief atmend die Luft ein.

„Wie herrlich doch die Kälte ist,“ sagte sie, indem sie mit der Hand ihren eigenen Atem in der Luft zerteilte.

Sie traten ein…

Bai lag im Bett und rauchte einen Zigarrenstummel. Dann sagte er:

„Ja – Huus ist ein netter Mensch… aber er ist ein Philister.“

Frau Bai saß vor dem Spiegel. Sie lächelte.

Aber Bai teilte Kjär bei Gelegenheit mit, daß er in der Tat nicht glaube, Huus verstehe sich auf Frauenzimmer.

„Ich fühle ihm bei Gelegenheit auf den Zahn – sehen Sie,“ sagte er, „des Abends, wenn er bei uns ist… Aber ich glaube bei Gott nicht, daß er sich überhaupt auf Frauenzimmer versteht.“

„Na, alter Bai," erwiderte Kjär, indem sie sich gegenseitig auf die Schulter schlugen und lachten, „es können ja nicht alle Kenner sein."

„Nein – glücklicherweise nicht... Und Huus – ich glaube bei Gott nicht..."

Sie wurden zum Kaffee gerufen.

Während der letzten Tage vor Weihnachten ging es auf der Station sehr heiß zu. Das war ein Bringen und Holen. Niemand wollte auf den Postboten warten.

Die Fräulein Abel sandten kleine Karten mit Glückwünschen ab und fragten nach Paketen.

Fräulein Jensen brachte eine Zigarrenkiste, zu deren Verschluß sie eine ganze Stange Siegellack verbraucht hatte.

„Handarbeiten, Frau Bai," sagte Fräulein Jensen. Diese Handarbeiten waren für ihre Schwester bestimmt.

Frau Bai sagte: „Frau Abel war ja gestern in der Stadt."

„Das war wohl wegen ihrer Zinsen," sagte Fräulein Jensen spitz, „die jetzt ins Haus gekommen sind... sie war so beladen, als sie heimkehrte."

„Das glaube ich wohl. Am Weihnachtsabend... Sie sind wohl bei Abels?"

„Nein... wir wohnen zwar Tür an Tür, Frau Bai... aber Abels denken stets nur an sich... Früher bin ich ja zu Weihnachten immer bei Lindes im Pfarrhof gewesen... aber Abels," fuhr Fräulein Jensen fort – „ach nein, nicht alle sind –"

Frau Bai lud Fräulein Jensen ein, doch bei ihnen am Weihnachtsabend fürlieb zu nehmen.

Am Abend, als Bai von seiner Nachtinspektion eintrat, sagte sie zu ihm: „Matthias." – Bei gewagten Mitteilungen nannte Frau Bai ihren Mann „Matthias" – „ich habe das kleine Fräulein Jensen zum Weihnachtsabend einladen müssen... sie kann ja nicht zu Lindes gehen..."

„Na – meinetwegen.“ – Bai haßte den kleinen Perückenstock, wie er Fräulein Jensen nannte – „ja, wenn du nur Altejungferngesellschaft haben willst.“

Bai ging im Zimmer auf und nieder.

„Will sie nicht zu Abels gehen?“ fragte er.

„Das ist es ja gerade – sie haben sie nicht eingeladen, Matthias…“

„Ja, daran haben sie bei Gott recht getan,“ erwiderte Bai, indem er die Stiefel von sich warf. „Na – das ist ja nun einmal *dein* Vergnügen.“

Frau Bai war glücklich, daß sie es ihrem Mann gesagt hatte. – –

Fräulein Jensen kam am Weihnachtsabend um halb sechs Uhr mit einem Spankorb und ihrem Mops.

Sie bat um Entschuldigung wegen ihres Bel-Ami.

„Er ist ja sonst bei Abels – ich lasse ihn ja sonst bei Abels… aber heute abend… das begreifen Sie wohl – hätte ich es sehr ungern getan… Aber das arme Vieh stört niemanden… denn es ist ein stilles Tier.“

Bel-Ami wurde auf einer Decke in der Schlafkammer untergebracht. Dort blieb er. Er litt an Schlafsucht und machte sich nur durch sein Schnarchen bemerkbar.

„Das süße Vieh schläft mit gutem Herzen,“ sagte Fräulein Jensen, indem sie Manschetten und Kragen aus ihrem Spankorb hervornahm.

Bel-Ami war nur beschwerlich, wenn er nach Hause sollte. Er hatte absolut jede Lust zur Bewegung verloren. Bei jedem zehnten Schritt stand er still und heulte, indem er den Schwanz zwischen die Beine kniff.

Wenn es niemand sah, nahm Fräulein Jensen ihn auf den Arm und trug Bel-Ami.

Bei Bais wurde um sechs Uhr gegessen. Der „Baum“ stand in einer Ecke. Der kleine Bentzen hatte sein Stirnhaar wie einen Hahnenkamm emporgestrichen und trug seinen Konfirmationsrock.

Er aß wie ein Wolf.

Bai füllte fortwährend die Gläser und stieß mit Fräulein Jensen und Bentzen an.

„Na – Prost, Fräulein Jensen. – Prost, mein guter Bentzen – es ist nur einmal Weihnachten im Jahr," sagte er. Er fuhr fort, die Gläser zu füllen.

Der kleine Bentzen wurde rot im Gesicht wie ein Hummer.

„Wir trinken ja wie die Heiden," sagte Fräulein Jensen.

Die Tür zum Bureau stand offen. Der Telegraph hämmerte unablässig.

Die Kollegen wünschten einander ein fröhliches Weihnachtsfest längs der Linie. Bai ging hin und her und antwortete.

„Grüße von mir," sagte Kathinka.

„Fröhliches Fest von Mundstrup," rief Bai vom Apparat.

„Ja," sagte Fräulein Jensen, „das ist es, was ich meinen Schülern immer sage: ›Unsere Zeit hat die Entfernung aufgehoben‹. Das sage ich so oft zu ihnen."

Beim Dessert wurde Fräulein Jensen sehr lebhaft. Sie nickte kindlich sich selbst im Spiegel zu und sagte „Prost!"

Fräulein Jensen trug einen neuen Chignon, den sie sich selbst zu Weihnachten geschenkt hatte. Sie trug jetzt Haare in drei Nüancen.

Fräulein Jensen wurde nach und nach vergnügt über sich selbst.

Nach Tisch, während der Christbaum angezündet wurde, versuchte der kleine Bentzen in der Küche über Marie, das Dienstmädchen, Bock zu springen.

Kathinka bewegte sich sehr ruhig und ließ sich gute Zeit beim Anzünden des Baumes. Sie wollte wohl auch ein wenig allein sein.

„Gott mag wissen, ob Huus unser Paket bekommen hat," sagte sie. Sie stand auf einem Stuhl und zündete mit einer Wachskerze die Lichter an.

Im letzten Augenblick nahm sie ein Fichu von ihrem Tisch – sie hatte es von einer ihrer Schwestern bekommen – und legte es für Fräulein Jensen hin. Es sah so ärmlich aus auf Fräulein Jensens Platz; sie teilte das Sofa mit dem kleinen Bentzen.

Kathinka öffnete die Tür zum Bureau, und alle kamen zum Baum herein.

Sie gingen umher und besahen ihre Geschenke und dankten halb verschämt. Fräulein Jensen holte kleine Pakete in Seidenpapier aus ihrem Spankorb und legte sie ringsherum auf die Plätze.

Marie, das Mädchen, trat ein, sie trug eine weiße Schürze. Sie ging mit ihren eigenen Geschenken im Arm herum und befühlte die Gegenstände.

Der Achtuhrzug wurde expediert, und sie saßen wieder in der Stube. Der Christbaum brannte noch immer in seiner Ecke.

Es war sehr warm und die hellen Lichter am Baum verbreiteten einen angenehmen Duft.

Bai kämpfte fast mit dem Schlaf und sagte: „Man wird schachmatt von all dem Festieren, Fräulein Jensen. Die Weihnachtsfreude sättigt," fügte er hinzu.

Sie waren alle schläfrig und sahen nach der Uhr. Die beiden Damen begannen immer wieder von den Geschenken zu sprechen und wie sie gearbeitet seien.

„Ich glaube, ich werde hineingehen und sehen, wie man die Welt regiert hat." Er schlüpfte in sein Bureau. Der kleine Bentzen saß auf einem Stuhl unter dem Pfeifenbrett und schlief.

Die beiden Damen blieben allein, sie saßen in einer Ecke am Klavier vor dem Baum und waren sehr schläfrig.

Sie waren einen Augenblick eingeschlummert und fuhren bei einem Knistern am Baum erschreckt auf. Einer der Zweige brannte.

„Die Lichter sind bald heruntergebrannt," sagte Kathinka, indem sie das Feuer löschte.

Die Lichter begannen nach und nach auszubrennen und der Baum wurde dunkel. Sie saßen wieder ganz wach da und blickten auf den erloschenen Baum – nur ein paar Lichter brannten noch schwach.

Sie wurden beide von derselben stillen Schwermut ergriffen, indem sie die letzten kleinen Lichter ansahen, denn es war ihnen, als ob diese den dunklen, toten Baum nur noch mehr hervorhoben.

Fräulein Jensen begann zu sprechen... Anfangs hörte Kathinka kaum, was sie sagte; sie hing ihren eigenen Gedanken nach über ihr Heim und über Huus.

Kathinka wußte nicht, weshalb sie den ganzen Abend so viel an Huus gedacht hatte – während der ganzen Zeit war er nicht aus ihren Gedanken gewesen.

Während der ganzen Zeit.

Sie nickte Fräulein Jensen zu und tat, als ob sie zuhöre.

Fräulein Jensen sprach von ihrer Jugend und fing dann urplötzlich an, die Geschichte ihrer Liebe zu erzählen. Sie war bereits mitten in der Erzählung, als Kathinka erst aufmerksam wurde und sich darüber wunderte, wie Fräulein Jensen dazu kam, dies jetzt und gerade ihr zu erzählen...

Es war die ganz einfache Geschichte einer Liebe, die nicht erwidert wurde. Sie hatte geglaubt, sie sei es, die er erkoren, und dann war es ihre Freundin gewesen.

Fräulein Jensen sprach halblaut in einem und demselben ruhigen Ton. Das Taschentuch hatte sie in der Hand und mitunter schluchzte sie ein wenig und führte es über die Wangen.

Kathinka wurde nach und nach gerührt. Dann dachte sie daran, wie die kleine, runzelige Person wohl in ihrer Jugend ausgesehen haben mochte... vielleicht hatte sie doch eine nette, kleine Figur gehabt.

Und jetzt saß sie hier verlassen und allein.

Kathinkas Herz wurde ganz beklommen und sie ergriff Fräulein Jensens Hände und streichelte sie sanft.

Das alte Fräulein weinte heftiger unter dieser Liebkosung; Kathinka fuhr fort, ihre Hände zu streicheln.

Die letzten Lichtstumpfe brannten herab und nunmehr stand der Christbaum ganz finster da.

„Und doch muß ein einsames Weib sich durchs Leben schlagen," sagte Fräulein Jensen, „gleichviel welche Schlingen man ihrem Fuße auch legt."

Fräulein Jensen war wieder bei dem Prediger und seinen „Worten" angelangt.

Kathinka ließ Fräulein Jensens Hand los... Es schien ihr, als sei es ganz kalt und unheimlich um den erloschenen Baum geworden.

Bai schlug die Tür zu dem hell erleuchteten Bureau auf. Es war ein reitender Bote gekommen, der ein Paket von Huus brachte.

„Die Lampe, Marie!" rief Kathinka und lief in das Bureau mit dem Paket.

Dieses enthielt einen sehr fein gehäkelten Schal mit Goldfäden darin – einen großen Schal, der zusammengelegt doch nur wenig Raum einnahm. – Kathinka stand starr mit dem Schal in der Hand; sie freute sich gar sehr darüber. Sie hatte einen ganz ähnlichen gehabt, der vor einigen Wochen versengt worden war...

Aber dieser war viel feiner...

Und sie blieb immer noch mit dem Schal in der Hand stehen.

Bai war jetzt wieder munter. Er hatte das Festmahl ausgeschlafen und sie tranken alle einige Gläser echten Rum im Tee.

Der kleine Bentzen wurde so selig, daß er nach seiner Kammer lief und einige Gedichte holte, die er auf viele kleine Stückchen Papier, hinten auf alte Tarife und Rechnungstabellen geschrieben hatte.

Er las sie laut vor, so daß sich Bai vor Lachen auf den Bauch schlug, Kathinka saß da und lächelte, in Huus' feinen Schal gehüllt.

Fräulein Jensen spielte schließlich einen Tiroler Walzer und der kleine Bentzen eilte in die Küche hinaus und walzte mit Marie, bis sie stöhnte.

Sie mußten alle helfen, Bel-Ami aus dem Schlaf zu erwecken, als Fräulein Jensen nach Hause gehen wollte; er wollte durchaus nicht von seiner Decke und Bai trat ihn auf den Schwanz, als Fräulein Jensen sich umdrehte.

Der kleine Bentzen sollte sie nach Hause bringen, aber Fräulein Jensen, die sonst im Dunkeln so ängstlich wie ein Hase war, wollte allein gehen.

Fräulein Jensen mochte ihren Bel-Ami nicht tragen, wenn es jemand sah.

Sie gaben ihr alle das Geleite bis zur Perrontüre und riefen „Fröhliche Weihnacht! Fröhliche Weihnacht!“ hinaus über die Hecke.

Bel-Ami heulte mitten auf dem schneebedeckten Wege. Er rührte sich nicht von der Stelle.

Als Fräulein Jensen sah, daß sie alle wieder ins Haus getreten waren, beugte sie sich hinab und nahm Bel-Ami unter den Arm.

Fräulein Jensen war wie eine Eskimofrau eingehüllt, als sie in der Christnacht heimwärts ging.

Kathinka öffnete die Fenster in der Wohnstube, so daß die schneidende Luft hereinströmte.

„Hm, die kleine Kruke!“ sagte Bai. Er war ganz erfreut darüber, die kleine Jensen heute abend bei sich gehabt zu haben.

„Die Ärmste!“ sagte Kathinka. Sie blieb am Fenster stehen und sah über die weißen Felder in die Nacht hinaus.

„Man sollte nicht glauben, daß du über Husten klagst,“ sagte Bai. Er schloß die Tür zum Schlafzimmer.

Bentzen ging über den Perron nach seiner Kammer.

„Sie nahm den Mops auf," sagte er. Er hatte sich hinter der Hecke verborgen, um diese Begebenheit zu sehen. „Fröhliche Weihnacht, Frau Inspektor..."

„Fröhliche Weihnacht, Bentzen!"

Es wurden einige Türen geschlossen und dann war es ganz still.

Nur hin und wieder vernahm man ein Sausen in den Telegraphendrähten.

Kathinka stand draußen und fütterte die Tauben, ehe sie in die Küche ging. Der Himmel war hoch, die Luft ruhig und vom Walde her ertönten die Glocken. Ringsumher auf den weißen Feldern sah man die Bauern, die auf den gebahnten Wegen einer nach dem anderen zum Opfer nach der Kirche gingen.

Sie warteten in Gruppen vor der Kirche und wünschten einander ein fröhliches Fest. Die Frauen reichten sich die Spitzen der Finger und flüsterten miteinander.

Dann standen sie still und blickten sich gegenseitig an, bis eine neue in ihren Kreis trat.

Bais kamen etwas spät, und die Kirche war schon voll. Kathinka nickte Huus, der dicht an der Tür stand, einen „Weihnachtsgruß" zu und begab sich dann auf ihren Platz.

Sie teilte den Kirchenstuhl mit Abels dicht hinter der Familie des Pastors.

Die Küken der Witwe Abel verschwanden in Schleiern und phantastischen Schleifen.

Frau Linde hatte an den großen Opfertagen die Augen sozusagen im Nacken. Sie „kleidete" sich und ihr Fräulein Tochter für die Eingänge an den Opfertagen und für die als Opfer geschenkten jungen Kälber.

Das Fräulein ging nie in die Kirche, wenn ein Tellerwalzer am Altar stattfand.

Die Bauern sangen die alten Weihnachtslieder und nach und nach fiel groß und klein mit ein. Es klang so stark und so fröhlich unter den Gewölben. Die Wintersonne schien durch das Fenster auf die weißen Wände. Der alte Linde sprach von den Hirten auf dem Felde und von den Menschen, denen heute der Heiland geboren sei, in einfachen schlichten Worten, die als Friedensbotschaft auf die Einfalt seiner Zuhörer wirkten.

Kathinka blieb in der festlichen Weihnachtsstimmung, während der Opferzug der Bauern sich in langer Reihe um den Altar hinzog. Die Männer gingen steif und schwer auf den Fliesen und kehrten auf ihren Platz zurück, ohne eine Miene verzogen zu haben.

Die Frauen gingen geniert und mit geröteten Wangen, starr auf das zusammengelegte Taschentuch schauend, vorüber.

Frau Lindes Augen hafteten unablässig auf den ausgestreckten *Händen* am Altar.

Frau Linde war seit fünfunddreißig Jahren Predigerfrau und an unzähligen Opfertagen war sie anwesend gewesen. Sie sah es den *Händen* an, was jeder erlegte.

Diese Hände kommen mit einer anderen Bewegung aus den Taschen, wenn sie wenig und wenn sie viel auf den Altar niederlegten.

Frau Linde schlug die Opfer auf die eines Mitteljahres an.

Vor der Kirche trafen Bais den Verwalter. Man atmete in der frischen Luft wieder auf und allgemein wünschte man sich von neuem ein fröhliches Weihnachtsfest. Der Pastor kam mit dem Opfergeld in einem zusammengebundenen Taschentuche, und alle grüßten und knixten.

„Nun, Fräulein Jensen, dann wünschen wir einander wohl fröhliche Weihnachten,“ sagte der alte Pastor.

Kathinka ging mit Huus durch die Kirchhofspforte. Bai blieb mit dem Gutsbesitzer Kjär ein wenig zurück, so daß die beiden ersteren allein auf dem Wege dahin gingen.

Die Sonne schien über die hell glitzernden Felder; hier und dort auf den Höfen hatte man Flaggen aufgezogen.

Ringsumher zogen die Kirchgänger in Scharen heim. In Kathinkas Ohren ertönten noch die Weihnachtslieder, sie fühlte alles wie eine frohe Festlichkeit.

„Weihnachten ist ein schönes Fest," sagte sie.

„Ja," sagte Huus, indem er seine ganze Überzeugung in dieses „Ja" hineinlegte. „Und der Prediger sprach auch recht schön," fügte er nach einer Weile hinzu.

„Ja," sagte Kathinka, „es war eine schöne Predigt."

Sie gingen eine Strecke, dann sagte Kathinka: „Aber ich habe Ihnen noch gar nicht gedankt für den Schal..."

„O – keine Ursache!"

„Freilich! ich habe mich so gefreut... Ich hatte früher einen ähnlichen Schal und der ist halb verbrannt."

„Ja, das wußte ich... Sie trugen den Schal an dem Tage, als ich ankam!"

Kathinka wollte erwidern: „Wie ist es möglich, daß Sie das sahen?" – aber sie sprach es nicht aus. Sie wußte auch nicht, weshalb sie plötzlich errötete, und zum erstenmal merkte sie, daß sie nichts sagte und doch nach etwas suchte, um das Stillschweigen zu unterbrechen.

Sie kamen hinab zum Walde und die Glocken der Filialkirche ertönten. Es war, als ob die Glocken heute gar nicht zu klingen aufhören wollten.

„Sie gehen doch mit uns", sagte Kathinka, „und stören uns nicht das Weihnachtsfest."

Sie standen auf dem Perron und hörten dem Glockengeläute zu, während sie auf Bai warteten.

Huus blieb während des ganzen Tages.

Als Bai sich zu Tisch setzte, der im Schmuck des glänzend weißen Damasttischzeuges und der vielen Glasschalen erglänzte, sagte er: „Ja – man hat es am besten in der Familie."

Der kleine Bentzen rief: „Ja!" und lachte vor Vergnügen.

Huus sagte nichts. Er saß, wie Kathinka zu sagen pflegte, nur da und schaute freundlichen Blickes drein.

Und während des ganzen Tages ruhte eine stille Freude über dem Hause.

Abends spielten sie Whist. Der kleine Bentzen war der vierte Mann. Im Pfarrhof nahm man das Opfergeld aus den Papieren und zählte es. Frau Linde war enttäuscht. Das Opfer war bedeutend *unter* einem Mitteljahr.

„Woher kommt das, Linde?" fragte sie.

Der Pastor sah nachdenklich auf die vielen *kleinen* Münzen.

„Woher kommt das? Die Leute glauben, wir können wie die Lilien leben..."

Frau Linde machte eine Pause und zählte zum letztenmal die ganzen Kronenstücke.

„– mit Familie," schloß Frau Linde.

„Na, mein Kind," sagte der alte Linde, „laß uns wenigstens dem Herrn danken für die Kapiteltaxe des Zehnten".

Das Pfarrerfräulein und Pastor Andersen amüsierten sich damit, die Möbel im Salon umzustellen. Sie spielten Kroquet damit.

„Ich hüte mich, Mutter nahe zu kommen," sagte Fräulein Agnes. „*Alle* unedlen Elemente sind an den großen Opfertagen bei Mutter in Aufruhr."

Das Weihnachtsfest verrann, Kathinka meinte seit lange, seitdem sie daheim bei ihrer Mutter gewesen war, keine so schöne, gemütliche Weihnachtszeit verlebt zu haben. Nicht weil etwas Besonderes oder mehr als sonst geschehen war: sie waren mit Huus bei Lindes und einigen anderen Leuten gewesen und Fräulein Linde und der Kaplan kamen eines Abends mit Kjär und Huus zu ihnen. Die Fräulein Abel waren zum Nachmittagszug dagewesen und wurden auch ins Haus gebeten und nach dem Achtuhrzug tanzten sie im Wartesaal und sangen dazu.

Etwas Besonderes war also nicht geschehen, aber es war, als ob alles einen so glücklichen Verlauf genommen hätte.

Der einzige, der etwas „murrte", war Huus gewesen. Er saß während der letzten Zeit oft in Gedanken versunken da.

„Huus," sagte Kathinka, „schlafen Sie?"

Huus fuhr aus seinen Gedanken auf.

Bai wurde von der allgemeinen Zufriedenheit im Hause völlig angesteckt.

„Einen verteufelten Einfluß kann doch das Wetter haben," sagte er, als er auf dem Perron stand und den Nachmittagszug expediert hatte.

„Fühle mich bei Gott verdammt wohl in dieser Zeit – erstaunlich wohl..."

Und ihre Ehe war während dieser Zeit wie verjüngt, und die Jahre waren gleichsam vergessen. Das äußerte sich jedoch keineswegs auf gewaltsame, hitzige Weise, sondern in Vertraulichkeit und Zufriedenheit.

Es war am Silvesterabend gegen zwölf Uhr. Bais waren noch auf, um das neue Jahr mit einem Glas Wein zu begrüßen.

Da ertönte ein gewaltiger Lärm an der Einfriedigung...

„Was zum Kuckuck!" rief Bai; er sowie auch Bentzen, mit dem er Sechsundsechzig spielte, fuhren zusammen. „Peter könnte das Pulver lieber sparen."

Es klopfte ans Fenster, und Huus' Stimme rief: „Prosit Neujahr!"

„Was zum Teufel – ist das Huus," sagte Bai, indem er aufstand.

„Ich dachte es mir gleich," sagte Kathinka. Sie hatte von dem Geräusch Herzklopfen bekommen.

Bai ging hinaus und schloß auf. Huus hielt draußen im Schlitten.

„Aber kommen Sie doch herein und trinken Sie ein Glas aufs neue Jahr."

„Guten Abend, Huus," rief Kathinka, die in der Tür erschien. „Wir trinken doch auf ein glückliches neues Jahr."

Sie banden das Pferd im Warenschuppen an und Kathinka gab ihm Brot. Sie leerten die Gläser, als es zwölf schlug, und beschlossen, bis zum Nachtzug, der um zwei Uhr vorüberfuhr, aufbleiben zu wollen.

„Spiele ein Stück, Tik," sagte Bai.

Kathinka spielte eine Polka und Bai brummte dazu. „Ja," sagte er, „man war seinerzeit ein tüchtiger Tänzer, nicht wahr, Tik?" Er kitzelte sie am Halse. Sie gingen auf den Perron hinaus. Der Himmel war finster, zum erstenmal seit langer Zeit. „Es gibt mehr Schnee," sagte Bai. Er nahm ein wenig losen Schnee auf und warf ihn dem kleinen Bentzen ins Gesicht. Es entstand eine Weile ein allgemeines Gefecht.

„Da haben wir den Zug," rief Bai, als man fernes Brausen vernahm, „verdammt dunkel, heute abend."

Das Geräusch näherte sich. Jetzt ging die Lokomotive über die Brücke, das kleine Licht kam näher und wuchs; dann brauste die Lokomotive gleich einer großen, helläugigen Bestie aus dem Dunkeln hervor und sie standen alle vier still, während der Zug schnell vorübersauste, – Dampf hinter sich zurücklassend. Aus den Wagen fiel Licht über den Schnee.

Lärmend eilte der Zug hinaus in die Finsternis.

„Hm," sagte Kathinka, „so gehn wir ins neue Jahr hinein." Sie hatten einige Minuten schweigend dagestanden.

Sie lehnte sich an ihren Mann und strich ihr Haar an seiner Wange.

Bai war von der Situation ergriffen. Er beugte sich hinab und küßte sie.

Der Zug brauste in der Ferne. Sie wandten sich alle um und traten ins Haus. Huus war grausam gegen das Pferd, als er im Schlitten heimfuhr. Es mußte die Peitsche fühlen und Flüche obendrein.

Finster war es und es begann sich ein Sturm zu erheben.

Kathinka konnte nicht schlafen, sie weckte Bai.

„Bai!“ rief sie.

„Was gibts?“ fragte er, indem er sich im Bette umdrehte.

„Es ist ein böses Wetter…“

„Na – wir befinden uns ja nicht auf dem Wasser,“ sagte Bai schlaftrunken.

„Aber es ist ein fürchterliches Schneegestöber,“ sagte Kathinka. „Glaubst du, daß Huus jetzt zu Hause sein kann, Bai?“

„Ach was, – Unsinn!“

Bai schlief wieder ein.

Aber Kathinka schlief nicht. Sie war besorgt um Huus, der sich in diesem argen Wetter auf dem Heimweg befand… Es war so finster – und er war ein Neuling in der Gegend.

Wie sonderbar zu denken, daß erst drei Monate verflossen waren, seit Huus hierhergekommen war…

Ob er wohl jetzt schon zu Hause war?… Kathinka lauschte wieder nach dem Sturm, der immer mehr zunahm… Er war heute abend auch betrübt gewesen – hatte so still dagesessen – sie kannte ihn – er hatte so niedergeschlagen ausgesehen… Etwas mußte ihn bedrücken.

Es bedrückte ihn etwas in der letzten Zeit… Aber wenn er jetzt nicht zu Hause war – dann – das Unwetter nahm immer mehr zu.

Kathinka schlummerte ein und schlief neben ihrem Mann.

Am zweiten Neujahrstage fand eine Gesellschaft im Pfarrhause statt.

Die halbe Gegend erschien und es war ein Geplauder und ein Gemurmel durch alle Zimmer bis in die Gänge hinaus. So ging es immer zu, alle Welt sprach lebhaft, wenn man ins Pfarrhaus kam.

Die Familie Abel kam, als das Sprichwörterraten begonnen hatte. Sie kamen stets zu spät.

„Die Zeit enteilt uns," sagte Frau Abel, „wir können uns niemals von unserem Neste trennen."

Wenn die Fräulein Abel in Gesellschaft wollten, gingen sie vom Mittag an im Frisiermantel umher und zankten sich. Frau Abel mußte sich dann in der letzten Minute ankleiden und sah immer aus, als ob ein Sturm sie heimgesucht hätte.

Man spielte Sprichwörterraten, so daß nicht der geringste Gegenstand in irgendeinem Kleiderschrank im Pfarrhof unberührt blieb.

Fräulein Agnes machte einen dicken Mann in den Hosen eines Käthners und dann einen Grönländer mit Kathinka als Grönländerin.

„Schöne Frau," sagte sie zu ihr, „Sie sind durchaus nicht prüde."

Sie tanzten den grönländischen Tanz Pingasut, so daß Kathinka ganz wirr im Kopf wurde, aber sie war so vergnügt, daß sie fast übermütig wurde.

Ida die Jüngste gehörte zur anderen Partei. Bei dieser handelte es sich immer um einen Harem oder um einen großen Badeort. Aber wo auch immer es war, Ida die Jüngste wurde allemal von einem hagern, blonden Leutnant umarmt und gedrückt.

In den Türen standen die älteren Herrschaften beisammen und sahen dem Spiele zu. Vor den Fenstern des Saales im Garten standen der Großknecht, zwei Käthner und die Knechte und lachten über ihr „fesches" Fräulein.

Der alte Pastor Linde ging von der einen Gruppe zur anderen:

„Sie amüsieren sich, sie amüsieren sich," sagte er, indem er zu den älteren Herrschaften hintrat.

Frau Abel blickte dem Pastor nach; sie saß neben der Frau des Müllers.

„Nicht wahr – hier ist es lebhaft."

„Ja," erwiderte die Frau des Müllers, „ein lebhafter Pfarrhof," und dabei legte sie auf das Wort „Pfarr" einen streng klingenden Nachdruck.

Ihre Tochter Helene stand neben der Mutter. Sie wollte am liebsten nichts mit dem Spiel zu tun haben.

Der Müller hatte sich ein neues Wohnhaus gebaut und strebte vorwärts. Dort gab man jährlich zwei Gesellschaften, bei denen die Leute im Kreise umhersaßen und die neuen Möbel anschauten. Dort *blieb* alles neu.

Auf allen Möbeln befanden sich Decken und Gegenstände, die Fräulein Helene gearbeitet hatte.

Alltäglich wohnte die Familie in einem Zimmer in dem alten Wohnhaus. Einmal in der Woche wurde in dem neuen Hause geheizt, damit die Möbel nicht leiden sollten.

Fräulein Helene war das einzige Kind. Sie war von Fräulein Jensen mit besonderer Rücksicht auf den Unterricht in fremden Sprachen erzogen worden, sie war die eleganteste Dame der ganzen Gegend mit ausgeprägtem Geschmack für Goldschmuck. Zu allen Toiletten trug sie innerhalb der vier Wände graue Filzschuhe und weiße, baumwollene Strümpfe.

In Gesellschaft war sie leicht verletzt und stellte sich neben ihre Mutter mit einem süßsauren Gesicht.

„Ja," sagte Frau Abel, „meine Küken finden es hier ja mitunter zu lebhaft..."

„Mama," sagte Ida die Jüngste, „gib mir dein Taschentuch..."

„Sogleich..." Ida die Jüngste nahm es etwas unsanft aus den Händen der Mutter.

Ida sollte mit der Nachtmütze spielen und hatte entdeckt, daß ihr eigenes Taschentuch etwas defekt war.

„Sie sind so eifrig beim Spiel," sagte Frau Abel zur Frau des Müllers.

Das Sprichwortspiel war zu Ende und vor dem Abendtisch spielte man noch schnell „Blindekuh". Es herrschte ein Gekreische im Saal und ein Stürmen, so daß der alte Kachelofen sich darunter neigte.

„Der Ofen!" schrien sie. „Der Ofen!"

„Hier – hier!“

Ida die Jüngste war so ermattet, daß sie auf einen Stuhl sank. Sie vermochte vor Herzklopfen nicht zu atmen: „ *Fühlen* Sie,“ sagte sie, indem sie die Hand des Leutnants auf ihre Brust legte, – „wie mein Herz klopft.“

Kathinka war die blinde Kuh und wurde rund herumgedreht, so daß sie kaum zu stehen vermochte.

„Nein – sehen Sie doch die schöne Frau,“ rief Fräulein Agnes. „Hier hier!“

Kathinka fing Huus.

„Wer ist das?“

Sie beugte sich vor und befühlte sein Haar: „Das ist Huus!“ rief sie.

Der alte Pastor Linde klatschte in die Hände, womit er anzeigen wollte, daß man zu Tisch gehen sollte.

„Huus,“ sagte Kathinka, „was ist Ihnen?... Fehlt Ihnen etwas?“

„Wie kommen Sie darauf?“

„Sie sind während der letzten Zeit – nicht – so fröhlich... wie früher...“

„Mir fehlt nichts, Frau Bai...“

„Und ich,“ sagte Kathinka, „bin gerade so außerordentlich fröhlich.“

„Ja,“ sagte Huus, „das sieht man.“

Bai kam vom Spieltisch: „Aber mein Gott, wie siehst du aus?“ sagte er.

Kathinka lachte: „Ja – wir haben einen grönländischen Tanz aufgeführt.“

Huus führte sie zu Tisch.

Der Inspektor schnappt Ida die Jüngste dem Leutnant weg, der mit dem Sohn des Schullehrers hinter ihm geht.

„Hansen,“ sagt der Leutnant, „wer ist das Mädchen?“...

„Ach die Mutter, die schiefe, dort mit dem Pastor, die lebt hier... auf dem Hofe, auf dem Altenteil.“

„Verteufeltes Mädchen!“ sagt der Leutnant. „Sie hat bei Gott eine forsche Büste...“

Alle hatten sich gesetzt. Der Pastor saß am Tischende. Er brachte während des Essens zwei Toaste aus „auf die Abwesenden“ und „auf den guten Geist in der Gesellschaft“. Diese beiden Toaste waren mit denselben Worten während siebzehn Jahren im Pfarrhof ausgebracht worden. Schließlich wurde ein Kranzkuchen mit Knallbonbons herumgereicht. Der Pastor knallt mit Fräulein Jensen.

Der Leutnant hat einen Stuhl neben Ida der Jüngsten eingeschoben und dort ist der Platz so eng, daß sie sich fast auf dem Schoß sitzen.

Man kann kein Wort verstehen, denn alle lachen und knallen und lesen die Devisen laut vor.

„Ja,“ sagt der alte Linde, „das ist die Jugend.“

„Huus, jetzt kommen wir,“ sagt Kathinka, indem sie ihm einen Knallbonbon hinreicht.

Huus faßt an. „Sie haben die Devise,“ sagt Kathinka. Huus liest das kleine Papier: „Dummer Schnack,“ sagt er, indem er es zerriß.

„Aber Huus – was stand denn darauf?“...

„Alle Konditorgehilfen schreiben von Liebe,“ ruft Ida die Jüngste über den Tisch.

„Fräulein Ida,“ sagt der Leutnant, „wollen wir beide?“

Ida die Jüngste dreht sich um und knallt mit dem Leutnant: „Mein Gott – das ist doch unpassend,“ ruft sie. Sie hatte eine Devise erhalten, in der von Küssen die Rede war und welche der Leutnant mit dem kleinen Knebelbart dicht an Idas Wangen vorlas.

Man schiebt die Stühle ein wenig vom Tisch ab und die Damen fächeln sich mit den Servietten. Die Jungen sind von der Hitze und dem Milchpunsch, der in großen grauen Kannen herumging, warm geworden.

Ein kleiner, nüsterbleicher Student läßt das patriarchalische Heim des Pastor Linde hoch leben und alle erheben sich und rufen: „Hurrah!“, der kleine Student stößt noch besonders mit dem Pastor an.

„Sie kleiner ›roter‹ Mensch,“ sagt der alte Linde, „trinken Sie auf mein Wohl!...“

„Man kann ja Achtung vor den *Personen* haben,“ sagt der kleine Nüsterbleiche.

„Ja, ja,“ sagt der alte Linde, „ja, ja... Ja, die Jugend muß doch etwas zu bekämpfen haben, meine gute Frau...“

Frau Abel wurde von ihrer Ida in Anspruch genommen. Diese ist so lebhaft, sie liegt fast in den Armen des Leutnants.

„Ja, Ew. Hochwürden,“ sagt sie.

„Ida mein süßes Kind (aber das süße Kind hört es nicht), Ida – stoße doch einmal mit deiner Mutter an,“ sagt Frau Abel.

„Hoch!“ rief Ida die Jüngste... „Leutnant Nielssen“ – sie reicht ihm ihr Glas – „stoßen Sie mit Mama an.“

Die Witwe Abel lächelt: „O – o – was meine Ida doch für Einfälle hat...“

Der kleine Student will wissen, ob Fräulein Helene die Werke des Dichters Schandorf gelesen hat...

Fräulein Helene liest die „Lesemappe“.

„Schandorf hat Vorzüge – aber ihm fehlt der große Blick.“ Der kleine Student fühlt sich veranlaßt zu sagen, daß Gjellerup *sein* Dichter sei.

Fräulein Helene erinnert sich nicht, ob Herr Gjellerup sich in der Lesemappe befindet.

„Bei ihm findet man die großen Gesichtspunkte,“ fährt der Student fort, „die Wissenschaft in der Poesie... Ich nenne ihn die echteste Frucht unseres mächtigen Brandes... der Geistesfreiheit...“

„Brandes, meinen Sie den Juden?“ fragte Fräulein Helene. Auf der Mühle – gab es keine andere Vorstellung von „Geistesfreiheit“.

Der Student kommt auf den großen Darwin zu sprechen.

Bai hat etwas gesagt, worüber Fräulein Jensen ganz rot geworden ist.

„Sie sind sehr schlimm," sagt die kleine Jensen, indem sie ihn auf die Finger schlägt.

„Aber Huus," sagt Kathinka, „man muß ja das Leben nehmen, wie es fällt... und..."

„Und?"

„Und eigentlich ist doch das Leben so voll von Glück..."

„Aber Herr Leutnant... Sie sind *häßlich...*"

Der alte Pastor Linde sitzt an seinem Tischende mit gefalteten Händen und nickt mit dem Kopfe.

„Gesegnete Mahlzeit!" ruft er, indem er sich erhebt.

Alle erheben sich und es entsteht ein Geräusch und ein Wirrwarr von Rufen: „Gesegnete Mahlzeit!" Drinnen im Saal war Agnes bereits am Klavier: es soll getanzt werden.

„Ich weiß nicht, ob du Ida *gesehen* hast," sagt Luise die Älteste zur Mutter. „Man muß in die Erde sinken über sie."

Ida die Jüngste bildet mit dem Leutnant das erste Paar.

„Aber jetzt recht lebhaft," ruft Fräulein Agnes vom Klavier her. Sie spielt „Auf meinem Kanapee", so daß es in den Saiten klirrt.

Huus tanzt mit Kathinka, bis sie die Runde durch die Zimmer machen, einander an der Hand haltend galoppieren sie durch die Türen.

Der alte Linde ist an der Spitze mit der stöhnenden Jensen.

„Linde! Linde!" ruft seine Frau. „Denke doch an deine alten Beine."

Fräulein Agnes schlägt auf die Tasten, so daß es dröhnt.

„Ach mein Gott – ich sterbe," sagt Helene aus der Mühle.

Plötzlich wird die Kette gesprengt und atemlos sinken die Paare auf die Plätze ringsumher.

„Puh – das macht warm,“ ruft Bai dem Leutnant zu, indem er sich die Stirn trocknet... „Ob wir wohl ein Glas Bier finden werden?“

Der Leutnant ist mit dabei. Sie gehen durch die Zimmer. Im Eßzimmer stehen die Flaschen in einem Fenster aufgestellt.

„Ist das hiesiges Bier?“ fragt der Leutnant.

„Nein, das ist Karlsberger.“

„Nun, dann bin ich dabei...“

„Hier ist eine hübsche Ecke,“ sagt Bai. Sie gingen in das Studierzimmer des Pastors, ein kleines Zimmer mit Öhlschlägers und Mynsters gesammelten Schriften auf grün gestrichenen Regalen und Thorwaldsens Christus über dem Schreibtisch.

Sie setzen sich mit den Bierflaschen an den Tisch.

„Ja – ich merkte es sehr wohl,“ sagt Bai, „um was es sich handelte... aber ich dachte – laß ihm nur das Vergnügen... dachte ich – und auch ihr.“

„Ja – ein verteufeltes Mädchen... sie hat bei Gott eine forsche Büste – und schmiegt sich brillant an, wenn sie tanzt... Inspektor.“

„Was zum Teufel sollte sie auch anders tun – das arme Mädchen?“ erwiderte Bai, indem er sein Glas leert.

„Aber was für ein Mädchen ist die da?“ fragte der Leutnant weiter. Er meinte Fräulein Agnes...

„Ein nettes Mädchen,“ sagte Bai, „aber mit der ist nichts zu machen,“ sagte er, „eine Freundin meiner Frau.“

„Ach so,“ sagt der Leutnant... „ja, ich dachte es mir schon: eine Plaudertasche, trockene Rasse, – kennen die Sorte – –“

Die Konversation ging ins allgemeine über. „Diese Dorfmädchen – im ganzen genommen,“ meinte der Leutnant, „sind gut genug... ich meine... aber – sehen Sie, Inspektor – keine *Bildung*... nein – Stadtmädchen – wissen Sie – das ist doch etwas ganz anderes.“

Der Leutnant hatte „etwas gefunden“.

„Sehen Sie – man wohnt ja in dem Viertel... dort haben sie ja das Schloß hingelegt – man muß ja dort wohnen... So recht mitten drin!"

„Aber was sind das für Mädchen?" fragte Bai.

„Kecke kleine Mädchen – bei Gott, kecke kleine Mädchen..."

„Ja – ich weiß es ja nicht... man ist ein verheirateter Mann, Leutnant... Wenn man auch ein paar Tage drüben ist, so sind es ja nur bloße Scheingerichte... Scheingerichte," wiederholte er noch einmal.

„Glauben Sie mir, kecke Mädchen," sagte der Leutnant, „gebildete Mädchen"...

„Aber man sagt, sie gehen nach Rußland."

„Ja, das sagt man..."

Pastor Linde trat ein: „Na – Sie sitzen hier, Inspektor," sagte er, indem er durch das Zimmer ging.

„Ja, Herr Pastor, wir sitzen hier und philosophieren ein wenig in aller Stille... bei einer gestohlenen Flasche Bier."

„Genieren Sie sich nicht. – Nicht wahr, hier ist es gemütlich?" sagte der Pastor, indem er sich in der Tür nochmals umdrehte. „Drinnen spielen sie Pfänderspiele."

Bai und der Leutnant gingen hinein zum Pfänderspiel. Sie waren gerade dabei, in den Brunnen zu fallen. Der kleine Student mit der echtesten Frucht kniete vor Kathinka.

„Jetzt wird geküßt," rief Fräulein Agnes.

Kathinka reichte ihre Wange hin, damit die „Frucht" sie küssen könne. Er war ganz rot im Gesicht und kam nur dazu, ihr die Nase zu küssen. Kathinka lachte und klatschte in die Hände. „Ich falle... ich falle... vor Huus," sagte sie.

Huus kam hin zu ihr und beugte sich hinab. Er küßte sie aufs Haar.

„Ich falle vor Fräulein Jensen," sagte er, indem seine Stimme überschnappte, als ob er heiser sei.

Fräulein Jensen dachte noch an den Kuß, als sie daheim ins Bett zu Bel-Ami gekommen war. Die Gäste waren gegangen.

Fräulein Agnes stand im Saal und sah sich auf dem Walplatz um. Es befand sich nicht ein einziger Gegenstand an seinem rechten Platz; Gläser standen in den Ecken auf dem Boden und die Kuchenteller hatte man auf den Bücherschrank gestellt.

„Huh!“ sagte sie, indem sie sich setzte, „das sieht dem Vorzimmer eines gewissen Mannes ähnlich.“

Pastor Andersen war eingetreten: „Nun,“ sagte sie, „o, Sie sind heute abend wirklich sehr nett gewesen.“

„Fräulein Agnes, haben Sie sich amüsiert?“

„Nein.“

„Weshalb tun Sie es denn?“

„Das will ich Ihnen sagen, weil die anderen sich amüsieren. Aber Sie wollen stets allein sein, um Unheil stiften zu können – helfen Sie mir jetzt,“ fuhr sie fort, „daß wir hier ein wenig Ordnung schaffen...“

Sie begannen die Möbel auf ihre Plätze zu stellen.

„Ich gehe nicht mehr mit Ida aus, Mama,“ sagte Luise die Älteste, „ich tue es nicht – sage ich dir – das ist ein Skandal für alle Menschen.“

„Weil man dich sitzen läßt – ich sollte dir wohl Gesellschaft leisten – nicht wahr?“

Die Witwe mischte sich nie in die Streitigkeiten, denn sie wußte, daß sie doch nicht aufhören würden, solange ihre Töchter damit beschäftigt waren, die Papilloten ins Haar zu wickeln. Sie ging still umher und legte die Sachen der Küken zusammen.

„Man wird verdammt müde von all den vielen Festen,“ sagte Bai. Er war ganz steif in den Beinen, beim Gehen.

Kathinka antwortete nicht. Schweigend gingen sie heimwärts, den Weg entlang.

Drittes Kapitel

Es war Frühling geworden.

Am Nachmittag holte die Pfarrerstochter Kathinka ab und beide gingen zum Flusse hinab. Am Ufer unter ein paar Weidenbäumen dicht an der Eisenbahnbrücke hatte der kleine Bentzen eine Bank aufgeschlagen. Dort saßen sie und arbeiteten, bis der Nachmittagszug kam. Die Kondukteure der Strecke kannten sie und grüßten.

„Das beste wäre, fortzureisen," sagte Agnes Linde, indem sie dem Zuge nachschaute. „Ich denke jeden Tag daran."

„O – aber – Agnes..."

„Ja – das wäre das beste – für uns beide – entweder er oder ich... davonzugehen."

Und sie sprachen zum tausendstenmal über dasselbe Thema.

Es war eines Tages mitten im Winter. Agnes Linde und der Kaplan kamen vom Teiche, wo sie Schlittschuh gelaufen hatten, vorüber, und da mußte der Kaplan mit einem Briefe zur Station und geriet dabei ins Gespräch mit Bai.

Agnes kam in die Wohnstube, die Schlittschuhe überm Arm. Sie war sehr kurz angebunden und sagte nur „Ja" und „Nein" zu allem, was Kathinka sie fragte. Sie hatte eine Weile am Fenster gestanden und hinausgeschaut, als sie plötzlich zu weinen begann.

„Was haben Sie, Fräulein Linde, sind Sie krank?" fragte Kathinka, indem sie zu ihr hintrat und den Arm um sie legte. „Was haben Sie nur?"

Agnes kämpfte mit dem Weinen, aber es wurde immer heftiger; sie schob Kathinkas Arm fort.

„Lassen Sie mich hier eintreten," sagte sie, indem sie auf das Schlafzimmer zuschritt.

Dort drinnen warf sie sich auf das Bett und erzählte Kathinka alles in einem Zuge, wie sie Andersen liebe, und daß er nur mit ihr spiele und daß sie es nicht länger zu ertragen vermöchte.

Von dem Tage an war Kathinka die Vertraute der Pfarrerstochter.

Kathinka war gewohnt, ›Vertraute‹ zu sein. Sie war es auch daheim als junges Mädchen stets gewesen. Zu ihr kamen alle blutenden Herzen. Es lag wohl an ihrem stillen Wesen und daran, daß sie selber nie viel sagte. Sie eignete sich vorzüglich dazu, andern zuzuhören.

Die Pfarrerstochter kam fast jeden Tag und blieb stundenlang bei Kathinka. Das Gespräch drehte sich immer wieder um dasselbe Thema: um ihre Liebe und um ihn. Und jeden Tag erzählte sie als etwas Neues, was schon tausendmal gesagt worden war.

Wenn sie so drei, vier Stunden dagesessen und erzählt und schließlich geweint hatte, packte Agnes ihre Arbeit zusammen: „Ja – wir sind ein paar nette Vögel," sagte sie zum Schluß.

Jetzt als der Frühling gekommen war, saßen sie unten am Flusse.

Agnes sprach und Kathinka hörte zu. Diese saß da, die Hände im Schoß und blickte über die Wiesen hinaus. Es wurde etwas neblig und die Niederung glich einem großen blauen See. Man sah nicht, was Wasser und was Himmel war; alles war nur ein dämmeriges Blau – mit den Weidengruppen als Inseln im Meer.

Agnes erzählte von der ersten Zeit, als sie aus der Residenz heimkam und Andersen traf. Es waren Monate vergangen und sie wußte selbst nicht, daß er ihr lieb war.

Kathinka hörte und hörte auch nicht, denn sie kannte das Thema und nickte schweigend.

Aber sie bekam nach und nach ihren Anteil an dieser fremden Liebe. Sie kannte sie mit allen ihren Gemütsbewegungen. Sie teilte sie, als sei es ihre eigene. Es wurde ja nie von etwas anderem gesprochen.

Und alle Worte der Liebe fanden eine Heimstätte bei ihr.

Ihre Gedanken wurden mit allem vertraut, was es an Liebe gab bei den beiden fremden Menschen.

Denn wenn sie Agnes Linde ein Stück Weges begleitet hatte und zurückgekehrt war, konnte sie halbe Stunden lang im Lusthause im Garten sitzen, und alle diese Liebesworte umflossen sie dann gleichsam in der Luft und sie hörte sie wieder und dachte darüber nach.

Es lag in ihrer stillen, etwas laxen Natur, daß Worte und Gedanken, die sie einmal in sich aufgenommen hatte, auf dem Wege zu ihr wieder umkehrten.

Und diese Gedanken und Worte *umspannen* sie. Sie wurden zu Träumen, die sie weit fortführten, sie wußte kaum wohin.

Es war auch in der letzten Zeit sehr still bei ihnen gewesen. Huus kam jetzt während des Frühlings nicht mehr so oft. Es gäbe so viel zu tun, sagte er. Wenn er kam, war er auch so ungleich in seiner Stimmung. Es schien sehr oft, als ob er gar nicht sah, wie froh Kathinka bei seinem Anblick wurde, und er sprach fast ausschließlich mit Bai, obgleich Kathinka ihm so viel zu sagen, nach so vielem zu fragen hatte. Gerade jetzt im Frühling, wo überall so viel einzurichten und zu ändern war… fehlen tat ihm etwas, vielleicht war er auch auf dem Gute bei Kjär nicht zufrieden; man sagte, es sei schwer, bei Kjär zu arbeiten.

Übrigens litt sie auch selbst mitunter an Schwermut.

Das kam vielleicht daher, daß sie zu wenig schlief.

Sie blieb des Abends im Zimmer, während Bai sich auszog. Er ging immer so lange halbnackt umher oder saß auf der Bettkante und redete und wurde niemals fertig.

Es war Kathinka sehr unangenehm, daß er nie zur Ruhe kam und fertig wurde.

Und wenn sie selbst zu Bett gegangen war und im Dunkeln neben Bai lag, der fest schlief, vermochte sie nicht einzuschlafen. Sie fühlte ein Unbehagen, so daß sie wieder aufstand und ins Wohnzimmer ging. Dort saß sie an ihrem Fenster. Der Nachtzug brauste vorüber und die große

Stille breitete sich wieder über die Felder aus. Nicht ein Laut, nicht ein Hauch während der Sommernacht. Die erste graue Dämmerung des Tages kam und eine kalte, feuchte Luft stieg aus den Wiesen empor.

Es wurde lichter und immer lichter, während die Lerchen zu singen begannen.

Huus liebte es sehr, es Morgen werden zu sehen, pflegte er zu sagen.

Er hatte erzählt, wie es auf den Bergen sei, wenn es Morgen würde. Es sei wie ein mächtiges goldigrotes Meer, sagte er, halb von Gold und halb von Rosen – um alle Gipfel. Und die Bergspitzen leuchten wie Inseln aus dem großen Meer auf. „Und nach und nach," sagte er, „stehen alle Bergspitzen in Feuer… und dann kommt die Sonne – steigt empor und verjagt die Finsternis aus den Tälern gleichsam mit einem großen Flügel."

Er erzählte jetzt oft so etwas von seiner Reise.

Er sprach im ganzen jetzt mehr – *wenn* er überhaupt sprach.

… Es wurde ganz hell und Kathinka saß noch am Fenster… aber sie mußte wohl jetzt zur Ruhe gehen.

Die Luft im Schlafzimmer war dumpf und Bai hatte die Decke abgeworfen.

– – –

Wenn Huus des Abends kam, saßen sie gewöhnlich in der Holunderlaube.

Sie sahen den Achtuhrzug fahren. Ein vereinzelter Bauer war auf dem Perron ausgestiegen und grüßte sie, wenn er vorüberging und heimwärts schlenderte.

Dann gingen sie in den Garten hinab. Die Kirschbäume standen in Blüte. Die weißen Blätter glitten wie ein hellglitzernder Regen durch die Sommerluft auf den Rasenplatz herab.

Sie saßen still nebeneinander und blickten auf die weißen Bäume. Es war, als ob das weiche Schweigen des Abends, das über der Ebene lag, alle Gegenstände umhüllte. Oben im Dorf hörte man ein Tor zuschlagen. Das

Vieh brüllte über die Felder hin. Kathinka sprach von ihrem Elternhaus. Von den Freundinnen und den Brüdern und dem alten Hof, der voll von Tauben war.

„Und später, in der neuen Wohnung, mit der Mutter – als der Vater gestorben war.

Ja – das war eine glückliche Zeit…

Aber dann verheiratete ich mich ja."

Huus sah auf den weißen Schnee der Blüten, der so weich auf den Rasen fiel.

„Thora Berg, wie die lustig war:… des Abends, wenn sie aus der Gesellschaft kam, die ganze Garnison hinter sich her, und Sand in alle Fensterscheiben der ganzen Stadt warf."

Kathinka schwieg eine Weile. –

„Sie ist jetzt auch verheiratet," sagte sie.

„Mehrere Kinder soll sie haben."

Auf dem Wege draußen ging ein Mann vorüber. „Guten Abend!" rief er ihnen über die Hecke zu.

„Guten Abend, Christian!"

„Guten Abend!" sagte Kathinka.

„Hm," sagte Kathinka nach einer Weile, „ich sah sie zuletzt auf meiner Hochzeit. Sie sangen, die jungen Mädchen, sie standen vor der Orgel oben auf dem Chor – ich sehe sie noch alle, alle diese Gesichter – alle…

O, wie ich weinte…"

Huus schwieg ununterbrochen. Sein Gesicht konnte sie nicht sehen. Er saß so gebeugt und schien etwas auf der Erde zu untersuchen.

„Es sind seitdem fast elf Jahre verflossen," sagte Kathinka. „Ja, die Zeit vergeht…"

„Wenn man glücklich ist," sagte Huus, ohne sich zu bewegen.

Kathinka hörte es anfangs nicht und dann war es, als ob die Worte sie plötzlich einholten.

„Ja," sagte sie und zuckte leicht zusammen.

Und nach einer Weile: „Hier hat man ja – sein Heim."

Sie saßen wieder schweigend da.

Bai kam in den Garten. Man konnte ihn schon von weitem hören. Er machte stets so viel Lärm – und bisher war es so stille in der Dämmerung gewesen.

„Ich will die Gläser holen," sagte Kathinka.

„Herrlicher Abend," bemerkte Bai, „herrlicher Abend im Freien..."

Kathinka kam mit den Gläsern und Flaschen zurück.

„Ich habe Besuch gehabt," sagte Bai.

„Von wem?"

„Von Fräulein Ida... sie reist jetzt..."

„Wie, Ida?"

„Ja," sagte Bai und lachte, „Fräulein Luise ist wohl aufgegeben... Jetzt setzen sie alle Segel auf, – bei der leichteren Schute. Sie wird den ganzen Sommer fortbleiben. – Nun ja, wenn es doch nur der einen gelänge!"

Bai saß eine Weile schweigend da.

„Ja – zum Teufel – solch ein Mädchen muß sich ja verheiraten."

Bai erging sich oft des längeren über das Heiraten und die Ehe; er war eine Art Philosoph, auf diesem Gebiet.

„Ich ging in den Eisenbahndienst," sagte er. „Glauben Sie, daß ich das aus Neigung tat – aber als Leutnant konnte ich nicht heiraten – So ist es, – es gibt ja kein Pardon – die Mädchen *wollen* ja vor den Altar – – Und so geht es dann – man sieht es ja, sie leben sich ineinander ein – sie haben Haus und Hof und dann kommen Kinder..."

„Bei den meisten," schloß Bai mit einem halben Seufzer.

Sie saßen nun schweigend da; es wurde ganz finster unter dem Holunderbaum.

Der Juni ging zu Ende.

„Die schöne Frau ist so bleich," sagte Agnes Linde, wenn sie auf die Station kam.

„Ja – ich kann wohl die Hitze nicht vertragen," erwiderte Kathinka. Es war, als habe sie Unruhe im Blut, und fortwährend nahm sie etwas anderes vor und gab es dann gleich wieder auf.

Am liebsten saß sie mit Agnes am Flusse. Sie blickte über die Wiesen hinaus und hörte stets dasselbe.

Agnes Linde bekam eine ganz andere und sanftere Stimme, wenn sie von ihm, „ *dem Manne*," wie sie ihn nannte, sprach.

Kathinka blickte sie an, wenn sie so mit gebeugtem Kopf und lächelnd dasaß.

„Und dann weint man," sagte Agnes, „wegen dieses Ungeheuers, weil es so ist, wie es ist – und doch ist *dies* vielleicht das Beste, was einem je geboten wird."

„Ja," sagte Kathinka und sah Agnes unverwandt an.

Wenn Agnes Linde nicht zu ihr kam, ging Kathinka nach dem Pfarrhaus. Sie sehnte sich förmlich danach, Agnes sprechen zu hören.

Und dann sah sie Andersen auch. Sie sah sie beisammen, Agnes und ihn.

Sie stand dabei, wenn sie auf dem großen Rasenplatze Krocket spielten, sie stand da und sah sie an, diese beiden, *die einander liebten*.

Sie hörte ihrem Geplauder zu und sah sie neugierig an – fast wie ein großes Wunder.

Und eines Tages weinte sie, als sie heimging.

Huus kam jetzt so unregelmäßig. Bald kam er zweimal des Tages und hatte sich kaum in die Laube niedergesetzt, als er auch schon wieder zu

Pferde mußte. Bald vergingen halbe Wochen, wo sie ihn gar nicht auf der Station sah.

Man sei in der Heuernte, sagte er.

Das Heu war gemäht und stand jetzt in Schobern auf den Wiesen. Die ganze Luft war von würzigem Duft erfüllt.

Eines Abends war Huus in besonders guter Laune und schlug vor, eine Waldpartie nach dem großen ›Jahrmarkt‹ zu machen. Man sollte im Wagen dahinfahren, zuerst im Walde rasten und dann alle Herrlichkeiten des Marktes beschauen.

Bai war ganz damit einverstanden und die Fahrt wurde beschlossen. Man wollte früh am Morgen fahren, während es noch kühl sei, und erst in der nächsten Nacht oder des Morgens heimkehren.

Nur Bais und Huus.

Kathinka hatte während des ganzen Tages mit Zubereitung der Speisen zu tun.

Sie studierte das Kochbuch und dachte während der Nacht darüber nach. Sie reiste selbst nach der Stadt, um einzukaufen.

Huus kam gerade, als der Zug abfuhr, um die Post zu holen.

„Huus!“ rief sie aus dem Kupee.

„Aber wo wollen denn Sie hin?“ rief er.

„Einkaufen – – Marie ist mit.“ Und sie zog Marie ans Fenster, um ihm ihr Gesicht zu zeigen. „Adieu!“

„Hm,“ sagte Bai, „Kathinka ist wirklich ein bißchen verrückt. Sie kocht und brät zu dieser Fahrt, als ob sie uns für die Cholera präparieren wolle.“

In der Stadt hatte man begonnen, ringsumher in den Straßen Zelte zu errichten; oben auf dem Marktplatz standen die Karussellpferde in einer Reihe an die Kirchenmauer gelehnt. Kathinka ging zwischen den Marktleuten umher, die hämmerten und klopften, und beschaute alles. Sie starrte die Kasten an und geriet in Erstaunen über jedes Stück

Segeltuch, das aufgespannt wurde. „Will das kleine Fräulein nicht ein wenig aus dem Wege gehen!“... Sie mußte über Bretter und Stricke springen.

„Sie nennen mich Fräulein,“ sagte sie. – „Marie, wenn nur das Wetter sich halten wollte!“

Sie gingen durch die Straßen nach dem Städtchen hinaus. Dort hielt der Wagen einer Seiltänzergesellschaft. Die Männer schliefen am Grabenrande, die Frauen wuschen die Trikots in einer Wanne auf der heruntergeschlagenen Treppe. Drei Paar weiße Unaussprechliche hingen langgestreckt herab und wehten auf einer Schnur hin und her.

Kathinka guckte neugierig die Frauen und die Männer an.

„Wünschen Sie etwas?“ rief die Frau mit fremdem Akzent.

„Ach jeh,“ rief Kathinka. Sie wurde ganz ängstlich und lief ein Stück davon.

„Das war die starke Frau,“ sagte sie.

Sie gingen weiter den Weg entlang. Am Rande des Waldes legten Zimmerleute einen Tanzboden. Es war kühl unter den Bäumen nach dem sonnigen Weg. Kathinka setzte sich auf eine Bank.

„Hier werden wir tanzen,“ sagte sie.

„Ja – er muß schön tanzen, Herr Huus,“ sagte Marie. Sie war in fortwährender treuer Bewunderung dieses Mannes. Sein Bild stand in Sammetrahmen auf der Kommode und eine alte Visitenkarte mit seinem Namen lag als Lesezeichen im Gesangbuch.

Kathinka antwortete nicht. Sie schaute unablässig die arbeitenden Leute an.

„Wenn nur das Wetter sich halten wollte,“ sagte sie zu einem von ihnen.

„Ja,“ antwortete er und sah zu den Bäumen empor – den Himmel sah er nicht – während er sich den Schweiß mit dem Ärmel abwischte – „darauf kommt es an.“

Kathinka und Marie gingen zurück. Es war die höchste Zeit. Sie kamen über den Markt; die Abendglocken schallten vom Turm auf den Lärm des Marktes herab. Am letzten Tage buken sie. Kathinka hatte die Ärmel aufgestreift und knetete, so daß ihr Haar mit Mehl bepudert war wie bei einem Müller.

„Niemand kommt herein – Niemand kommt herein," rief Kathinka – es klopfte an der verschlossenen Tür –

Kathinka glaubte, daß es Huus sei.

„Ich bin es," rief Agnes Linde. „Was geht denn hier vor?"

Sie trat ein und half beim Backen. Es war ein sogenannter Pfundkuchen, der bis ins Unendliche gerührt werden mußte: „Es ist Huus' Schuld," sagte Kathinka, „der Leckermund will Pfundkuchen haben."

Agnes Linde rührte so, daß der Teig Blasen warf. „Die Männer müssen auch Pfundkuchen haben," sagte sie.

Kathinka nahm die Kuchenplatte aus dem Ofen: „Kosten Sie mal," sagte sie. „Sie sind glühend heiß." Sie war von der Ofenhitze rot wie ein Kupferkessel. Fräulein Jensen und Luise die Älteste kamen zum Nachmittagszuge nach der Station. War das ein Klopfen und Parlamentieren vor dem Küchenfenster!

„Weiß Gott, das haben sie gerochen!" sagte Agnes Linde. Sie ließ die Arme müde heruntersinken und saß sehr ungraziös mit dem Teiggefäß zwischen ihren ausgespreizten Beinen. Marie brachte einen Teller voll Kuchen zum Kosten auf den Perron hinaus. Luise sprang vor Freude auf die Perronbank, so daß ein paar Handlungsreisende im Zuge einen bedeutenden Teil ihrer Schönheit sahen. Nachdem der Zug abgefahren war, öffnete sie in der Küche die Fenster. Luise die Älteste und die kleine Jensen knupperten draußen auf der Bank. „Wie köstlich sie Ihnen geraten sind, Frau Bai – ausgezeichnet."

„Ja, Frau Bai versteht sich auf die Wirtschaft!" sagte Fräulein Jensen.

„Jetzt geht die Mühle wieder," sagte Agnes drinnen in der Küche. Sie fing von neuem an zu rühren.

Bai öffnete das Bureaufenster oberhalb der Perronbank.

„Ja,“ sagte er, „und ich sitze hier mit trocknem Munde.“

„Wollen Sie was abhaben, Herr Inspektor?“ fragte Luise. „Mögen Sie auch gern Süßes?“

„Wenn mir jemand etwas Süßes gönnen will!“ sagte Bai in seinem alten Klubton.

Es entstand ein Lärmen und ein Kreischen auf dem Perron.

„Was ist denn da los?“ rief Agnes aus der Küche heraus.

„Wir füttern den Vogel,“ sagte Luise die Älteste. Sie war mit ihrer Schönheit auf die Bank gesprungen und steckte Bai Kuchen in den Mund.

„Pfui! er beißt,“ rief sie.

Bei solchen Gelegenheiten pflegte Frau Abel zu sagen:

„Sie bleiben ewig die reinen Kinder – wenn man nichts von der Welt kennt.“

Luise brachte den leeren Teller zurück. Die Krümel tippte sie mit den Fingerspitzen auf. Die Fräulein Abel waren stets so: sie ließen nichts umkommen. Sie stand am Küchenfenster und sah hinein. „Das sollte die Mutter nur wissen,“ sagte sie liebenswürdig.

„Na, sie hat es also nicht gerochen,“ sagte Agnes über den Pfundkuchen gebeugt. Luise die Älteste bekam eine Düte mit Kuchen durch das Fenster gereicht: Das sei etwas Rechts zum Aufheben! sagte sie, als sie sich mit der kleinen Jensen auf dem Heimwege befand.

Sie und Fräulein Jensen hatten die Kuchen schon verschlungen, ehe sie noch den Wald erreicht hatten. Luise warf das Papier fort.

„Ach mein Gott, liebe Luise... Fräulein Linde mit ihren scharfen Augen, sie könnte es sehen.“

Fräulein Jensen nahm das Papier auf. Unten in der Tasche wickelte sie es um drei Kuchen für Bel-Ami.

Kathinka wurde müde. Sie saß auf dem Fleischblock mit den aufgestreiften Ärmeln und sah ihr Werk an: „Aber das ist nichts gegen früher daheim – nichts – wenn wir zu Weihnachten Kuchen buken."

Sie erzählte, wie sie buken – ihre Mutter und die Schwestern und das ganze Haus... Sie formten Ferkel aus Spritzkuchenteig und dann barsten diese, wenn sie ins Fett getan wurden.

Und die Brüder, die stahlen so, daß die Mutter mit dem großen Löffel den Pfefferkuchenteig in der großen irdenen Schüssel schützen mußte, und die geschälten Mandeln, so daß nicht fünfzig Stück auf ein Pfund blieben...

Es klopfte an die Tür. Es war Huus.

„Hier kann niemand herein," sagte Kathinka an der Tür. „In einer Stunde... kommen Sie in einer Stunde wieder."

Huus trat unter das Fenster: „Sie können im Garten warten," sagte Kathinka, die nun Eile hatte, ihre Arbeit zu vollenden und Agnes in den Garten hinaussandte, um Huus Gesellschaft zu leisten.

Agnes blieb wohl eine halbe Stunde, dann ging sie.

„Verwalter Huus ist zu leicht zu unterhalten," sagte sie zu Andersen, „er verlangt nur, daß man schweigt, damit er in Ruhe pfeifen kann."

„Wo ist Agnes?" fragte Kathinka, als sie in den Garten hinauskam.

„Sie ging, glaube ich."

„Aber – wann?..."

„Es ist wohl eine Stunde her."

Huus begann zu lachen: „Fräulein Linde und ich haben einander sehr gern," sagte er. „Aber wir haben uns nicht viel zu sagen."

„Wir müssen einpacken," sagte Kathinka.

Sie gingen hinein und begannen den großen Korb zu packen. Sie stopften Heu zwischen die Kruken, damit sie feststünden.

„Fester," sagte sie, „fester!" und drückte auf Huus' Hände.

Sie öffnete den Sekretär und nahm Löffel und Gabeln aus dem Silberfach.

„Und dann will ich den Fächer mitnehmen,“ sagte sie.

Sie begann zu suchen: „Ah, der liegt in der Schublade.“

Es war die Schublade mit den Kotillonsschachteln und dem Brautschleier.

Sie öffnete den Kasten mit den alten Bandschleifen. „Sehen Sie,“ sagte sie, „all den alten Tand.“ Sie griff mit der Hand in die Schachtel und hob Bänder und Orden bunt durcheinander heraus: „Der alte Tand!“

Sie suchte wieder nach dem Fächer: „O, da ist mein Schleier“, sagte sie. Sie legte den Brautschleier und einen echten Schal auf Huus' Arm: „Da ist er,“ sagte sie. Der Fächer lag auf dem Boden der Schublade.

„Und hier das Tuch von Ihnen,“ sagte sie. Es lag zur Seite in Seidenpapier eingepackt. Sie nahm es heraus.

Huus hatte den gelb gewordenen Brautschleier zerknittert, so daß Spuren davon im Tüll zu sehen waren.

Der Abendzug kam und sie traten auf den Perron hinaus.

„Hu!“ sagte der schlanke Zugführer mit den indiskreten Unaussprechlichen, „den Zug in diesen Ferientagen zu fahren... dreißig Minuten Verspätung...“

„Auf der nächsten Station steht ein Zug,“ sagte Bai.

Kathinka sah auf die Wagenreihe. Es zeigte sich ein schweißtriefender Kopf an jedem Fenster.

„Daß Leute in solcher Hitze reisen mögen,“ sagte sie. Der Zugführer lächelte.

„Ja,“ sagte er, „dazu sind die Eisenbahnen ja da.“ Er reichte ihr zwei Finger und sprang auf den Wagentritt.

Der Zug fuhr ab.

Der junge Zugführer blieb vornübergebeugt auf dem Tritt stehen, lachte und nickte. Kathinka winkte mit dem blauen Schal und aus allen Kupeefenstern wurde plötzlich mit den Taschentüchern gewinkt und die Feriengäste nickten, lachten und grüßten.

Kathinka rief, winkte mit dem ganzen Schal und aus dem Zuge antworteten sie, solange sie sehen konnten. Nach dem Tee fuhr Huus nach Hause. Er wollte sich am nächsten Morgen um sechs Uhr auf der Station einfinden. Kathinka stand im Garten hinter der Hecke und sah sich um, ob es morgen wohl gutes Wetter sein werde. Der Duft der Bäume in dem nahen Hain strömte ihr entgegen. Sie lächelte und sah in die blaue Luft hinein.

„Das Blau kleidet die kleine Frau doch gar zu schön," dachte der Zugführer mit den Plastischen. Er sah alles, was auf der Strecke vor sich ging.

„Wir müssen um fünf Uhr aufstehen," rief Bai in die Küche hinein.

„Ja, ja, Bai, jetzt komme ich, man muß doch fertig sein."

Sie packte den Pfundkuchen ein und sah zum letztenmal nach dem Korbe. Sie öffnete die Tür nach dem Hofe und blickte hinaus. Oben auf dem Dache girrten die Tauben. Das war der einzige Laut, den man vernahm.

Am Himmel gegen Westen verschwand das letzte blasse Rot. Der Fluß schlängelte sich zwischen den duftenden Wiesen dahin.

Wie sie doch dies Fleckchen Erde liebte!

Sie schloß die Tür und ging hinein.

Bai hatte seine Uhr neben das brennende Licht vor dem Bett gelegt. Er wollte kontrollieren, wann sie endlich fertig geworden sei.

Aber er war eingeschlafen und lag schwitzend da und schnarchte beim Schein des Lichts. Kathinka löschte es in aller Stille aus und entkleidete sich im Dunkeln.

Kathinka war im Garten, als der Wagen kam. Ihr blaues Kleid war schon bei der Biegung des Weges sichtbar.

„Guten Morgen – guten Morgen... Sie bringen gutes Wetter mit."

Sie lief auf den Perron: „Er ist da!" rief sie.

„Die Körbe, Marie!"...

Bai zeigte sich in Hemdärmeln am Fenster des Schlafzimmers: „Guten Morgen – Huus – kriegen heute wohl 'n Sonnenstich, wie?"

„Na – der Wind geht ja etwas," sagte Huus, der vom Wagen gestiegen war. Sie banden die Körbe auf den Wagen und tranken auf dem Perron Kaffee. Der kleine Bentzen war so schlaftrunken, daß Bai ihn dreimal „wie zum Sturm gefällt" auf dem Perron auf und nieder laufen ließ, um ihn wach zu bekommen.

Kathinka versprach ihm, ein Pfefferkuchenherz mitzubringen, und sie kamen endlich auf den Wagen. Bai wollte selber fahren und saß auf dem Vordersitz mit Marie, die so gesteift war, daß es knisterte, sobald sie sich nur rührte. Kathinka sah mit ihrem großen, weißen Schutzhut aus wie ein junges Mädchen.

„Vom Krug kommt Essen für Sie," rief Kathinka dem kleinen Bentzen zu.

„Jetzt fahren wir," sagte Bai. Der kleine Bentzen lief in den Garten und wehte und winkte mit dem Taschentuch.

Sie fuhren eine Strecke auf einem Nebenwege über die Felder. Es war noch kühl, es wehte ein frischer Sommerwind; der Klee und das feuchte Gras dufteten.

„Wie ist die Luft doch erfrischend!" sagte Kathinka.

„Ja, ein schöner Morgen," sagte Huus.

„Herrliche Luft, es weht." Bai trieb die Pferde ein wenig an.

Man fuhr auf die Chaussee, an Kjärs Feldern vorüber. Die Hütte des Kuhhirten stand auf ihren Rädern mitten unter dem weidenden Vieh, der

Hund bellte in der Ferne nach einem verlaufenen Rind; die großen Kühe erhoben die dicken Hälse und brüllten träge und gesättigt.

Kathinka schaute über die grünen Felder mit dem zerstreut weidenden glänzenden Vieh, das die Sonne beschien.

„Wie schön ist es doch!“ sagte sie.

„Ja, nicht wahr,“ sagte Huus, indem er den Kopf ihr zuwandte. „Schön ist es...“

Kathinka und er begannen sich zu unterhalten. Sie sahen alles und freuten sich über dieselben Dinge. Sie hatten stets die Augen auf denselben Gegenstand gerichtet und dann nickte entweder er oder Kathinka.

Bai sprach mit den Pferden wie ein alter Kavallerist.

Es war noch keine Stunde verflossen, als er davon zu sprechen begann, etwas „in den Magen zu bekommen“.

„Die Morgenluft zehrt, du, Tik,“ sagte er, „man muß wirklich etwas haben, um dagegen anzukommen.“

Kathinka konnte doch jetzt wirklich die Körbe nicht auspacken. Wo sollten sie auch sitzen?

Aber Bai hörte nicht auf und sie machten auf einem Felde Halt, wo der Roggen in Hocken stand.

Einer der Körbe wurde vom Wagen gehoben. Sie setzten sich in eine Hocke dicht am Wegerande.

Bai aß, als ob er seit acht Tagen kein Essen gesehen hätte.

„Prost, Huus,“ sagte er. „Auf einen angenehmen Tag!“

Sie plauderten, reichten die Töpfe und Schalen herum und aßen.

„Es geht doch runter, Tik,“ sagte Bai.

Leute kamen an dem Wege vorüber und schielten zu ihnen hinüber.

„Mahlzeit!“ sagten sie, indem sie vorübergingen.

„Prost, Huus! Auf gutes Amüsement,“ sagte Frau Bai.

„Ich danke, Frau Inspektor.“

„Das hat gestärkt,“ rief Bai befriedigt, und bald waren sie wieder auf dem Wagen.

„Aber heiß ist es, nicht wahr, Marie?“

„Ja,“ erwiderte Marie, die vor Hitze glänzte, „heiß ist es.“

„Jetzt kommen wir bald in den Wald,“ sagte Huus.

Sie fuhren weiter. In der Ferne lag der Waldessaum, von der Hitze in blauen Dunst gehüllt.

„Riechen Sie wohl, wie die Tannen duften,“ sagte Kathinka.

Sie erreichten den Waldessaum und dichte Tannen warfen Schatten über den Weg. Sie atmeten alle wieder auf, aber sie sprachen nicht, während sie langsam durch den Wald fuhren. Die Tannen standen am Wege in langen, geraden Reihen, so daß es drinnen dunkel erschien. Kein Vogel, kein Gesang, kein Geräusch.

Nur die Insekten summten über den Tannen im Lichte.

Sie kamen aus dem Walde wieder heraus.

„Kolossal feierlich da drinnen – nicht wahr?“ unterbrach Bai das Schweigen.

Gegen Mittag erreichten sie den Buchenwald und hielten am Waldhüterhause.

„Es tut wohl, sich hier ein wenig zu recken. Man muß die Beine strecken, Huus,“ sagte Bai, indem er nach einem Baum ging und sich unter ihm zum Schlaf setzte.

Huus half beim Auspacken.

„Sie haben eine so leichte Hand, Huus,“ sagte Kathinka. Marie ging hin und her und wärmte die Kruken in heißem Wasser drinnen in der Küche.

„Das sagte meine Schwiegermutter auch stets,“ erwiderte Huus.

„Ihre Schwiegermutter...?“

„Ja,“ sagte Huus, „die Mutter meiner Braut...“

Kathinka entgegnete nichts... Die Messer und Gabeln rasselten aus dem Papier heraus, das sie in der Hand hielt.

„Ja,“ sagte Huus, „ich hatte bisher nie darüber gesprochen.“

„So? – Das wußte ich nicht.“

Kathinka legte die Messer herum. Marie kam zurück.

„Wir können nach dem Teich hinabgehen,“ sagte Huus.

„Ja – wenn Marie rufen will“... Sie gingen auf einem Steig in den Wald hinein. Der Teich war ein Gewässer, tief drinnen im Moor, die Bäume streckten ihre großen Kronen über das dunkle Wasser.

Sie hatten auf dem ganzen Wege kein Wort gesprochen. Jetzt saßen sie auf einer Bank vor dem See nebeneinander.

„Nein,“ sagte Huus, „ich habe noch nie davon gesprochen.“

Kathinka blickte schweigend über das Wasser hinaus.

„Meine Mutter,“ fuhr er fort, „wünschte diese Partie... der Zukunft wegen.“

„So?“ sagte Kathinka.

„Und so kam es denn auch... Wir waren es ein Jahr lang... bis sie die Verlobung aufhob.“

Huus sprach diese Worte abgebrochen – mit langen Pausen – gleichsam verschämt oder erzürnt.

„So geht es ja,“ begann er wieder, „mit Verlobungen und Ehen.“

Ein Vogel ließ seine Triller im Walde ertönen. Kathinka hörte jeden Ton in der jetzt herrschenden Stille.

„Und dann ist man obendrein feig und kann sich nicht entschließen, der Sache ein Ende zu machen, nein,“ sagte Huus wieder, „so recht jämmerlich feig... Tag für Tag.“

„Ich konnte mich nicht entschließen," fuhr er fort, – die Stimme war leise – „bis sie ein Ende machte. –

Weil *sie* mich liebte."

Kathinka legte ihre Hand leise liebkosend auf die seinige, die er fest auf die Bank stützte.

„Armer Huus," sagte sie nur und fuhr liebkosend über seine Hand, leise und besänftigend: der Ärmste, was mag er doch gelitten haben, dachte sie bei sich.

Sie saßen nahe beieinander. Die Mittagshitze strömte über das Wasser des kleinen Sees herab. Mücken und Fliegen summten in Schwärmen.

Sie sprachen nicht mehr. Maries Ruf weckte sie.

„Wir werden gerufen," sagte Kathinka.

Sie erhoben sich und gingen schweigend auf den Steg zurück. – – Sie wurden alle so lustig bei Tisch. Schließlich tranken sie alten Portwein zum Pfundkuchen.

Bai saß in Hemdärmeln da und sagte jeden Augenblick: „Ja, Kinder – hier ist es herrlich im grünen Wald."

Er bekam einen Anfall von Zärtlichkeit und wollte Kathinka durchaus auf den Schoß nehmen. Sie riß sich los: „Aber Bai!" sagte sie, indem sie bald blaß, bald rot wurde.

„Man geniert sich wohl vor den Fremden?" sagte Bai.

Es trat eine Stille ein. Kathinka begann die Körbe wieder einzupacken und Huus erhob sich.

„Ja," sagte Bai, „wenn wir jetzt einen Spaziergang nach dem Essen machten..." Er zog seinen Rock an. „Man muß der Verdauung nachhelfen."

„Ja," sagte Kathinka, „ihr könnt ein wenig gehen, während ich einpacke."

Huus und Bai gingen den Weg entlang. Bai ging mit dem Hut in der Hand und war warm von der Hitze und dem alten Portwein.

„Sehen Sie, Huus: das nennt man Ehe, Freundchen!“ sagt er; „so ist es und nicht anders.

Es kann zum Henker nichts nützen – was sie auch alle zusammenschreiben mögen und was man auch aus der „Lesemappe“ in sich hineintüllt über die Ehe und die Keuschheit und was es sonst noch ist – – und die Treue – und „die Forderungen“, die sie alle an den Fingern herzählen können, wie der alte Pastor Linde sein „Vaterunser“.

Das ist ja alles ganz gut *gesagt*, und es klingt ja auch ganz nett – und gibt den Leuten etwas, worüber sie schreiben können. Aber sehen Sie: das alles berührt nicht die *Sache*, Huus...“

Er hielt inne und fuchtelte mit seinem Strohhut vor Huus hin und her.

„Sie sahen es ja: ich hatte Lust und Kathinka wollte nicht... Schöner Sommertag, wo man im Grünen gut gegessen hat, und trotzdem – nicht mal einen Kuß. – So ist es mit den Frauenzimmern... man weiß nie, wie ihnen der Kopf steht. Sie haben es so mit *Perioden*, Huus.“

„Unter uns gesagt,“ Bai schüttelte den Kopf, „es ist oft verteufelt schwer für den Mann in seinen kräftigsten Jahren...“

Huus schlug die Brennesseln mit seinem Stock ab. Er schwang ihn so, daß sie knickten, als würden sie gemäht.

„Ja – *das* ist die Sache,“ sagte Bai, der eine ganze Weile nachdenklich dreingeschaut hatte... „aber *darüber* sprechen sie nicht in der *Mappe* – aber wir Ehemänner unter uns, wir wissen, wo der Schuh drückt.“

Sie hörten, daß Kathinka hinter ihnen herrief, und Huus antwortete mit einem „Hallo!“, das laut durch den Wald schallte.

Kathinka war wieder heiter: sie müßten jetzt wohl unter den Bäumen Mittagsschlaf halten, sagte sie. Sie wisse einen herrlichen Platz unter einer großen Eiche – und sie ging voraus, um ihn zu suchen.

Huus ging ihr nach. Er rief „Kuckuck!“, so daß es zwischen den Bäumen widerhallte. Bai hörte ihn lachen und jodeln.

„Ja,“ sagte er vor sich hin, „er kann wohl lachen – er ist unverheiratet.“

Etwas später schlief Bai unter der großen Eiche, die Nase nach oben und den Hut auf dem Magen.

„Jetzt sollen Sie schlafen, Huus," sagte Kathinka.

„Ja–a," erwiderte Huus, sie saßen jeder auf einer Seite des Eichenstammes.

Kathinka hatte den Strohhut abgenommen und lehnte den Kopf gegen den Baum. Sie blickte fortwährend zur Eiche empor. Ganz, ganz oben an der Krone fielen die Sonnenstrahlen wie sickernde Goldtropfen in das Grüne hindurch... und die Vögel sangen im Unterholz.

„Wie schön es hier ist," flüsterte sie und beugte den Kopf vor.

„Ja – hier ist es schön..." flüsterte Huus zurück. Er saß mit den Armen um seine Knie und starrte ebenfalls in die Krone hinauf.

Es war so still. Sie hörten beide Bais Atemzüge; ein summendes Insekt, das sie mit den Blicken bis zu der grünen Krone hinauf verfolgten, und die Vögel, die bald nahe, bald ferne zwitscherten.

„Schlafen Sie?" flüsterte Kathinka.

„Ja," sagte Huus.

Sie schwiegen wieder. Huus lauschte, erhob sich dann vorsichtig und trat vor sie hin: ja – sie schlief. Sie sah aus wie ein Kind, den Kopf zur Seite geneigt und den Mund ein wenig geöffnet zu einem Lächeln im Schlaf.

Huus stand lange da und sah sie an. Dann kehrte er leise zu seinem Platz zurück, und glücklich, die Augen zur Krone der Eiche erhoben, lauschte er ihrem Schlaf. Als Marie sie mit einem lauten „Heida!" zum Kaffee rief, hatte Bai sowohl den Ärger wie den alten Portwein verschlafen.

„Ein Kognak tut gut im Grünen," sagte er, „ein kleiner guter Kognak im Grünen."

Zu dem kleinen Kognak konnte Bai wieder ein Stück Pfundkuchen zu sich nehmen, denn Bai besaß eine stark zehrende Natur.

„Herrlicher Kuchen!" sagte er.

„Das ist Huus' Kuchen," erwiderte Kathinka.

„Ja, meinetwegen," sagte Bai, „wenn wir anderen ihn nur verzehren dürfen..."

Nach dem Kaffee fuhren sie weiter. Bai hatte es satt, die Zügel zu halten, und nahm daher Huus' Platz auf dem Hintersitz bei Kathinka. Sie waren alle ein wenig schläfrig, die heiße Sommersonne sandte ihre Strahlen herab und es war auch viel Staub auf dem Wege –; Kathinka saß da und betrachtete Huus' Nacken, der breit war und stark von der Sonne gebräunt.

Auf dem Hofe des Gasthofs fand sich eine dichte Masse von ausgespannten und verlassenen Wagen. Frauen und Mädchen, die soeben von den offenen Wagen herabgestiegen waren, schüttelten und glätteten ihre Röcke. Im Gastzimmer waren alle Fenster geöffnet; der Kaffeepunsch wurde reichlich beim Kartenspiel getrunken. Auf einem fistelstimmigen Klavier vom Tanzsaal her hinter den herabgelassenen Gardinen erscholl: „O, du mein Waldemar!"

„Das ist eins von Agnes' Stücken," sagte Kathinka.

„Das sind die Nachtigallen," rief Bai. „Heute abend müssen wir hinein und sie zwitschern hören."

Kathinka hielt sich dicht an der Saaltür, als sie gingen. Aber man sah nichts.

„Nicht gucken!" sagte Bai. „Man zahlt Entree an der Kasse..."

Drinnen hinter den Gardinen begann eine schrille Frauenstimme „ihren Charles" anzurufen...

„O mein Charles,
Du hast mir nicht geschrieben,
Wo Du, mein Schatz, geblieben."

„Ach," sagte Kathinka, indem sie am Fenster stehenblieb und mit dem Kopfe nickte, „ja, das ist das Stück – Agnes kann es..."

„Du hast mir nicht geschrieben –
Wo Du, mein Schatz, geblieben – –“

„Komm jetzt, Tik,“ sagte Bai... „Geh du mit Huus, ich werde den Weg bahnen, wenn es Gedränge gibt.“

„Aber wir wissen immer nur den ersten Vers,“ sagte Kathinka, die fortfuhr zu lauschen, während sie Huus' Arm nahm.

„Wo Du, mein Schatz, geblieben“, gellte die Stimme dadrinnen.

„In den anderen Versen steht gewöhnlich immer nur dasselbe,“ meinte Huus.

„Kommt ihr nun?“ rief Bai.

Vor dem Hause sang ein hageres Weib von dem Massenmörder Thomas und bearbeitete sein aufgehängtes Konterfei mit einem Rohrstock. Die Zuschauer umstanden sie und schauten beklommenen Herzens auf das Bild und stimmten in den Refrain ein, der gerade so lang gezogen war wie ein Amen in der Kirche.

Die Mädchen gingen in langen Reihen Arm in Arm mit ernsten Gesichtern an den Burschen vorüber, die mit Pfeifen im Mund, die Hände in den Hosentaschen, in Haufen vor den Zelten standen und sich das ›schöne Geschlecht‹ anschauten. Ein Bursche trat vor.

„Guten Tag, Marie,“ sagte er. Und Marie reichte ihm die Spitzen ihrer Finger.

„Guten Tag, Sören,“ erwiderte sie, und die ganze Mädchenreihe blieb stehen und wartete.

Sören stand eine Weile vor Marie und sah zuerst auf seine Pfeife und dann auf seine Stiefel und sagte endlich: „Adieu, Marie.“

„Adieu, Sören.“

Sören ging zurück zu seinem Kreis und die Mädchenreihe schloß sich wieder und ging weiter mit zugekniffenem Munde.

„Verdammte Manier, die ganze Straße auf solche Weise abzusperren," sagte Bai.

Die Frauen sammelten sich in Haufen und standen mit betrübten Gesichtern da, als ob sie zu einem Begräbnis gingen, und musterten einander. Wenn sie sprachen, flüsterten sie unhörbar, als ob sie den Mund nicht recht öffnen könnten. Und wenn sie zwei Worte gesprochen hatten, standen sie wieder schweigend da und sahen still beleidigt aus.

Man kam nicht vorwärts. „Ich gebrauche die Ellenbogen," sagte Kathinka. Jeden Augenblick wurde sie gegen Huus gestoßen.

„Halten Sie sich nur dicht an mich," sagte Huus.

Man hörte keinen einzigen Laut wegen der schreienden Massenmördersängerin und einiger Leierkasten, die General Bertrands Abschiedslied in trauriger Weise mit dem Duett der Ajaxe vermischten. Die Gymnasiasten schoben hin und her und pfiffen auf den Fingern und träge Bauernjungen bliesen Schreiballons auf und ließen sie schreien, während sie mit unbeweglichen Gesichtern in die Luft starrten.

Die Sonne schien senkrecht auf die Straße herab und buk sowohl die Menschen wie die Honigkuchen.

„Wie das warm ist!" sagte Kathinka.

„Hier wollen wir Waffeln kaufen," rief Bai.

„Waffeln – meine Damen – Waffeln – von der braunäugigen Tochter des Südens..."

„Waffeln – Huus – Waffeln," sagte Kathinka. Sie schob sich durch eine Mauer von Mädchen, welche die Straße sperrten.

Die Mädchen kreischten. Die Gymnasiasten hatten ihnen die Röcke zusammengenäht... „Das sind die Jungen vom Gymnasium gewesen," schrien ein paar Bengel aus der Bürgerschule; diese benutzten nur Stecknadeln dazu.

Die Mädchen liefen in Scharen zusammen, um sich wieder frei zu machen: „Herrje!" heulten sie. „Herrjemine!" Die Gymnasiasten hatten auf diesen Augenblick gelauert und brachen jetzt wie der Blitz über die Mädchen herein, um sie in die Beine zu kneifen.

„Herrje!“ heulten sie. Kathinka stimmte aus reinem Übermut in das Geheul ein.

„Waffeln, Waffeln, meine Damen!“

Sie gelangten endlich zu dem Ofen: „Drei Waffeln, mein Herr – holländische – fünfzehn Pfennige.“

„Streuzucker, du Braunäugige.“

Diese streute mit bloßen Fingern Zucker auf die Waffeln: „Ja, meine Damen,“ sagte der Mann – „sie hat bessere Tage gekannt... Geben Sie ein Trinkgeld“ – und er schrie so, daß man es über die ganze Straße hören konnte – „für die braunäugige Tochter des Südens.“

Die Braunäugige rasselte automatisch mit einer vorgestreckten Sparbüchse und sah aus, als ob sie weder hören noch sehen könne.

„Zucker, du Braunäugige!“

Die Finger der Braunäugigen griffen wieder in den Zucker hinein.

Bai, Huus und Kathinka gelangten endlich auf den Markt. „Man wird förmlich taub,“ sagte Kathinka, indem sie sich die Ohren zuhielt. Der große Zauberprofessor Le-Tort kämpfte auf einer hohen Tribüne mit zwei Pauken gegen die Musik von drei Karussells an. Ein weiß bemalter Pierrot schleppte eine große Trommel vor die „größte Arena der Welt“.

„Die größte Arena, meine Damen und Herren, die weltberühmteste Arena...“

Er musizierte, indem er sich mit seinem hintersten Körperteil hart auf seine Trommel setzte.

„Miß Flora – Miß Flora auf dem hohen Trapez!“...

Unsere Gesellschaft stand gerade vor der Arena: „Miß Flora, die Königin der Luft – meine Herren – zehn Pfennige!“... Der Ausrufer schwang mit seinem rechten Arm eine Alarmglocke.

„Die Königin der Luft – zehn Pfennige!“

Professor Le-Tort war erbittert. Er schrie von allen Wundern der Welt, so daß seine Stimme überschnappte, und er beschloß, gratis ein seidenes Band von fünfhundert Ellen Länge zu fabrizieren... Er begann auf seiner Tribüne aufzustoßen und einen Streifen Seidenpapier aus seinem Hals herauszuziehen, wobei er dunkelrot wurde, als ob er einen Schlaganfall bekäme.

„Die Königin der Luft – zehn Pfennige!“...

In der größten Arena der Welt stand der Pierrot Kopf auf der Trommel und klopfte das Trommelfell mit seinem Gehirnkasten... Die Karussells drehten sich bei Hörnerklang und Leierkasten...

„Meine Damen – die Königin der Luft... Die Königin der Luft – zehn Pfennige!“

Es herrschte eine glühende Hitze und ein Duft von Honigkuchen und ein Hin- und Herstoßen und Lärmen.

„Wie herrlich das ist!“ sagte Kathinka, indem sie zu Huus aufschaute und sich wie ein junges Kätzchen ein wenig krümmte. „Das ist die Frau.“

„Wer?“ fragte Huus.

„Die Frau, die neulich das Zeug wusch.“

Es war die Königin der Luft, die die Treppe erklomm mit hellroten Beinen in Schnürstiefeln und hin und her watschelndem Hinterteil.

„Miß Flora – die *sogenannte* Königin der Luft.“

Die Königin der Luft trug einen Fächer, den sie als Feigenblatt hantierte; sie aß Pflaumen, bevor sie in die Arena treten und das Trapez besteigen sollte.

„Wollen wir hineingehen?“ sagte Kathinka.

„Tik!“ rief Bai. Er wollte die „Schlangendame“ sehen. Sie arbeiteten sich durch das Gedränge und kamen an einem Karussell vorüber. Marie, das Mädchen, fuhr auf einem Löwen, halb auf dem Schoß eines Kavalleristen.

Kathinka wollte auch Karussell fahren. Bai bedankte sich, er wolle kein Geld ausgeben, um sich seine Eingeweide im Leibe herumdrehen zu lassen. Kathinka bekam ein Pferd auf der Innenseite neben Huus. Sie begannen zu fahren, erst langsam und dann schneller. Sie nickte Bai zu und lachte allen Gesichtern zu, die sich rund herum drehten.

„Welch ein Gewimmel!" sagte sie; sie konnte von ihrem Platze aus über alle Köpfe hinwegsehen.

Sie fuhren zum zweitenmal. „Greifen Sie doch den Ring," sagte Kathinka, indem sie sich zu Huus hinüberbeugte.

„Nehmen Sie sich in Acht, daß Sie nicht fallen," sagte er, indem er sie umfaßte.

Kathinka lächelte und beugte sich zurück. Die Gesichter vor ihr begannen zu verschwimmen, alles erschien ihr als ein schwarzer Punkt – schwarz und weiß – der sich herumdrehte.

Sie lächelte fortwährend und schloß die Augen.

Es war ihr, als ob der Lärm des Marktes, die Musik und die Stimmen und die schmetternden Hörner zu einem Brausen in ihrem Ohr zusammenschmolzen, während alles leise wogte.

Sie öffnete die Augen ein wenig: „Ich sehe nichts," sagte sie, indem sie sie wieder schloß.

Die Glocke ertönte und das Karussell begann langsamer zu gehen.

„Noch einmal!" sagte sie. Sie fuhren wieder. Huus hatte sich nach innen hinübergebeugt – sie wußte es nicht, sie stützte sich an seine Schulter. „Greifen Sie den Ring," sagte sie, indem sie daran vorüberflogen, und sie lächelte ihm zu.

Sie saß mit halbgeöffneten Augen da und schaute in den Kreis hinaus. Es war ihr, als ob alle Gesichter auf eine Schnur gezogen wären.

Halbschwindelig erkannte sie Marie, die wieder das Karussell bestiegen hatte, in einem Wagen mit ihrem Kavalleristen... Sie saß auf seinem Knie.

Wie sie aussah – fast ohnmächtig...

Und all die anderen – als lägen sie wie Halbtote – in den Armen der Burschen... Kathinka richtete sich plötzlich auf – alles Blut war ihr zu Kopf gestiegen. Das Karussell hielt an.

„Kommen Sie," sagte sie, indem sie vom Pferde stieg.

Bai stand am Ringpfahl; Kathinka ergriff seine Hand: „Man wird schwindlig," sagte sie, als sie die Erde betrat. Sie war vom vielen Rundfahren ganz blaß geworden.

„Huus, nehmen Sie Tik," sagte Bai. „Ich bin Euer Leuchtturm." Er kniff Marie in den Arm, die gerade mit ihrem Kavalleristen vom Karussell herabstieg. Marie fühlte sich ein wenig geniert, ihre Herrschaft zu sehen, sie schmiegte sich an den Blauen.

„Brillant, wie sie mit ihm abzieht," sagte Bai, indem er voranschritt.

„Hier ist es ja," rief Kathinka, der Huus wieder seinen Arm geboten hatte. Die Schlangendame, Fräulein Theodora, zeigte ihre trägen Tiere neben einem der Karussells. Es waren einige fette, schleimige Tiere, die sie aus einem Kasten, der mit wollenen Decken gefüllt war, herausnahm. Fräulein Theodora kitzelte sie unter dem Schwanz, um sie etwas lebhafter zu machen.

„Sie verdauen, Fräulein," sagte Bai in seinem alten Klubton.

„ *Was* tun sie?" sagte Fräulein Theodora. „Glauben Sie etwa nicht, daß die Tiere lebendig sind?" Fräulein Theodora faßte die Verdauung als eine Beleidigung auf. Sie legte eine Schlange um ihren Hals, kraute ihr den Kopf, so daß sie den Rachen öffnete und es zu einem Zischen brachte.

Fräulein Theodora nannte die Schlange ihren Liebling und barg sie an ihrer Brust. Fräulein Theodora hatte einen Riesenumfang und war in Pagentracht. Die Schlange ließ ihren Schwanz leise zwischen den Knien des Fräuleins hin und her schlagen.

„Kommen Sie," sagte Kathinka, „das ist ekelhaft." Sie hatte in ihrem Widerwillen Huus' Arm ergriffen.

„Ja," sagte der Budenbesitzer, der es für Angst hielt und sich geschmeichelt fühlte, „riesige Bestien, kleine Dame... Aber sie hat dasselbe mit Löwen gemacht..."

Kathinka stand wieder draußen.

„Daß man so etwas tun kann," sagte sie; es schauderte sie.

„Ja," sagte Bai und befühlte alles sachverständig. Der Besitzer hatte den „Herrn" aufgefordert, sich zu überzeugen, daß die Tiere sich wirklich so gut wie auf bloßem Körper „bewegten". „Ja," sagte Bai, „Fleisch hat sie..."

Die Schlangendame Fräulein Theodora lächelte versöhnt, während sie ihre Lieblinge in den Kasten legte.

„Ja," sagte der Besitzer, „sie hat dasselbe mit Löwen gemacht, mein Herr."

„Acht Jahre lang," fügte Fräulein Theodora hinzu.

Huus und Kathinka standen bereits jenseits des Marktplatzes. Es begann nach und nach finster zu werden und alle Ausrufer heulten um die Wette auf ihren Tribünen mit dem Eifer der Verzweiflung.

„Herabgesetzter Preis – herabgesetzter Preis – meine Dame," rief der Professor Kathinka zu und trocknete sich den Schweiß mit dem seltsamen „Taschentuch" – „zwanzig Öre mit dem Geliebten..." Kathinka ging schneller, so daß Bai sie kaum einzuholen vermochte.

Die Leute begannen lustiger zu werden. Haufen herumschlendernder Burschen liefen singend auf die Mädchenreihen zu, die sich mit einem Schrei auflösten; und nach und nach begannen sich Paare längs der Budenstraße zu bewegen.

Aus den Bewirtungszelten und von der Braunäugigen, wo Kognak zu den Waffeln ausgeschenkt wurde, ertönte lauter Lärm.

Die drei Polizisten hinkten an Stöcken von dannen. Sie waren in den Kämpfen, die sie zur Aufrechterhaltung der Ordnung abhielten, leicht verwundet worden; ringsumher hinter den Zelten und in den gedrängten Haufen hörte man das plötzliche Fingerpfeifen der Gymnasiasten durch den Lärm hindurchgellen. Es wurde immer finsterer, während Kathinka und Huus die Budenreihe entlang gingen und Einkäufe machten.

In den Buden wurden bereits die Laternen angezündet, die auf Herzen und Honigkuchen sparsam herableuchteten. Die Frauen hinter den hohen Tischen polierten die Honigkuchen mit der flachen Hand, so daß sie glänzten, und reichten sie Huus und Kathinka auf einer langen Schaufel heraus. Bai kam hinzu und kaufte auch welche.

Huus hatte Kathinka ein kleines japanisches Teebrett als Marktgeschenk gekauft. Sie schenkte ihm einen Honigkuchen.

„Was," sagte Bai, „gibst du Huus Honigkuchen? – Gib ihm wenigstens ein Herz... Madame," rief er der Verkäuferin zu, „hier ein Herz..."

„Ein Herz – mein Herr – mit Versen..."

„Bai!" sagte Kathinka.

„Wir bekommen einen Regenguß," sagte Huus hinter ihm.

„Zum Teufel auch!" rief Bai, indem er sich von der Bude abwandte.

Die ersten Tropfen fielen: „Das wird ein ordentlicher Guß," sagte Bai.

„Im Panorama finden wir Schutz," sagte Huus.

„Gut," rief Kathinka, indem sie Bais Arm nahm. „Kommen Sie," sagte sie.

Es herrschte ein Rennen nach allen Türen. Frauen und Mädchen schlugen die Röcke über die Köpfe und liefen, die Taschentücher im Viereck über den neuen Hüten, von dannen.

„Hallo," rief Bai, „jetzt kommen die Unterröcke zum Vorschein."

Die Mädchen standen in den Haustüren mit blauen Strümpfen und isländischen, wollenen Unterröcken um die Beine.

Die Verkäufer nahmen ihre Waren schnell herein und fluchten und schalten. Die Gymnasiasten liefen schreiend herum und ließen sich durchweichen.

„Hier ist es," sagte Kathinka.

„Ganz Italien, meine Herrschaften, für fünfzig Pfennige!“

Der Mann war heiser und in wollene Tücher gewickelt. – „Dreimal. – Bitte!“

„Wie es gießt,“ sagte Kathinka – sie schüttelte sich und blickte auf den Marktplatz hinaus.

Der Regen goß wie mit Mollen. Der ganze Marktplatz war bereits überschwemmt. Die Leichtverwundeten liefen hinkend unter Regenschirmen umher und hoben die Rinnsteinbohlen auf. In allen Buden und Türen stand das halbnasse Frauengeschlecht und sah mitgenommen aus. Drinnen im Panorama war es leer und ganz still. Man hörte den schweren einförmigen Fall des Regens auf das Dach, und es war auch sehr kühl geworden.

Es war, als ob Kathinka nach all dem Lärm wieder aufatmete.

„Wie einem das wohltut,“ sagte sie.

„Es sind Landschaften,“ sagte Bai, der bereits angefangen hatte, in die Gucklöcher zu schauen. – „Das blaue Wasser,“ sagte er, indem er weiterging. Er zog es vor, in den Vorraum zu gehen und zu sehen, was sich unter den isländischen Unterkleidern zeigen möchte.

Kathinka blieb sitzen. Sie fühlte sich hier drinnen wie neugeboren, allein mit Huus in der Stille unter dem fallenden Regen.

„Sie spielen nicht,“ sagte sie.

„Nein – des Regens wegen“... Sie lauschten beide dem Fall des Regens.

„Der Lärm war doch fürchterlich,“ sagte sie. Kathinka wäre am liebsten hier ruhig sitzen geblieben und hätte dem Fall des Regens gelauscht, aber sie erhob sich doch und fragte: „Ist das Italien?“

Er bejahte es.

Sie guckte in ein Glas. „Ja,“ rief sie, „das ist Italien.“

Es war künstliches Licht drinnen vor den Bildern, die in kräftigen Farben strahlten.

„Wie ist das doch hübsch…“

„Das ist der Golf,“ bemerkte Huus, – „der Golf von Neapel.“

Das Bild war nicht schlecht. Glänzende Sonne lag über Golf, Ufer und Stadt. Boote flogen hin und her über das Blau des Wassers.

„Neapel,“ sagte Kathinka leise.

Sie fuhr fort durch das Glas zu sehen. Huus sah durch das Guckloch neben ihr dasselbe Bild.

„Sind Sie dort gewesen?“

„Ja – zwei Monate.“

„Ach, *dort* segeln zu können!“ sagte Kathinka.

„Ja – nach Sorrento.“

„Sorrento.“ Kathinka wiederholte das fremde Wort leise und zögernd. „Ja,“ sagte sie – „reisen zu können…“

Sie gingen längs der Gläser und sahen nebeneinander hinein. Der Regen fiel schwächer auf das Dach – schließlich nur träufelnde Tropfen.

Sie sahen Rom, das Forum und das Kolosseum. Huus erzählte davon.

„Es ist so großartig,“ sagte Kathinka, „daß man förmlich bange wird.“

„Ich liebe Neapel am meisten…“

Draußen begannen die Leierkasten zu spielen und die Karussells klingelten. Kathinka hatte fast vergessen, wo sie sich befand.

„Es regnet scheinbar nicht mehr.“

„Nein, es ist vorüber.“

Kathinka sah sich in dem Raum um: „Dann erwartet Bai uns,“ sagte sie.

Sie ging zurück und sah noch einmal durch das Glas auf die Bucht von Neapel mit den dahineilenden Booten.

Bai kam herein und sagte, daß die Straße wieder dem planmäßigen Verkehr übergeben sei.

„So gehen wir wohl nach dem Walde,“ sagte er.

Sie gingen. Die Luft war kühl und rein. Große fröhliche Scharen schritten auf dem Wege zum Walde hin.

Der Wald und die Dornenhecken dufteten nach dem Regen.

Die Sonne ging unter und in der Ferne am Eingang des Waldes zündete man die farbigen Lampen an der Ehrenpforte an. Die Burschen gingen mit den Mädchen, den Arm um das Mieder gelegt, alle Bänke am Wege waren besetzt; in sentimentalen Stellungen saßen sie da und liebkosten sich verstohlen. Man hörte bereits Musik vom Tanzplatz her und den summenden Laut der vielen Stimmen.

„Jetzt wollen wir tanzen,“ sagte Bai.

Außerhalb der Tanzestrade stand eine Menge halberwachsener Burschen und Mädchen, die über das Geländer hinweg zuschauten. Auf dem Tanzboden stampfte man einen Trippelwalzer, so daß es dröhnte.

„Komm, Tik,“ sagte Bai, „wir eröffnen den Ball.“

Bai tanzte wie rasend fortwährend zwischen den Paaren hin und her.

„Aber Bai!“ rief Kathinka. Sie war ganz atemlos.

„Man kann noch immer eine Dame schwingen,“ sagte Bai. Er tanzte linksherum im Schiebetakt.

„Aber Bai...“

„Man kann also noch warm werden,“ sagte Bai.

Sie kamen zu Huus.

„Man muß jetzt in der Übung bleiben,“ sagte er, indem er die Hacken, wie auf den Klubbällen zusammenschlug, „und die Damen ein wenig bewegen.“

Kathinka fühlte sich durch Bais Benehmen sehr gedrückt.

„Bai ist so übermütig,“ sagte sie, als er sie verlassen hatte.

„Wollen Sie einmal mit mir tanzen?“ fragte Huus.

„Ja, – gleich – lassen Sie uns ein wenig warten…“ Sie sahen Bai mit einem üppigen Bauernmädchen in einer Sammetjacke davonfliegen.

„Wir wollen ein wenig gehen,“ sagte Kathinka.

Sie gingen von der Estrade hinab, ein Stück auf dem Wege entlang, wo die Musik fast erstarb.

Kathinka setzte sich: „Setzen Sie sich,“ sagte sie, „man wird so müde.“

Es war so still im Walde. Nur ein paar einzelne Töne drangen hin und wieder bis zu ihnen.

Sie saßen schweigend nebeneinander. Huus wühlte mit seinem Stock in der Erde.

„Wo ist sie jetzt?“ fragte Kathinka plötzlich, indem sie vor sich niedersah.

„Wer?“

„Ja – – Ihre – Braut.“

„Sie ist verheiratet – Gott sei Dank…“

„Gott sei Dank?“

„Ja – man meint doch immer, man habe eine Verantwortung, wenn sie – wenn sie sitzen geblieben wäre…“

„Das wäre doch nicht Ihre Schuld gewesen…“ Kathinka schwieg ein wenig: „Hat sie Sie geliebt?“

„Sie liebte mich,“ sagte Huus, „das weiß ich jetzt.“

Kathinka erhob sich. „Hat sie Kinder?“ fragte sie, als sie sich wieder auf dem Wege befanden.

„Ja, einen kleinen Knaben.“

Sie sprach nicht mehr, bis sie an die Estrade kamen. „Jetzt wollen wir tanzen,“ sagte sie dann.

Ringsumher waren nur kleine Lichter angezündet und verbreiteten ein spärliches Licht über die Bänke an der Seite. Die Paare schwangen sich hinaus ins Licht und wieder zurück ins Dunkle; auf dem Tanzboden bewegte sich das ganze wie etwas Unruhiges, Schweres, das hin und her glitt. Huus und Kathinka begannen zu tanzen. Huus tanzte ruhig und führte sicher. Es war Kathinka, als ob sie hier in seinen Armen zur Ruhe käme.

Sie hörte alles – die Musik, die Stimmen und das Stampfen – wie etwas ganz Fernes; sie fühlte, daß er sie sicher hin und her führte.

Huus fuhr fort, auf dieselbe ruhige Art und Weise zu tanzen. Kathinka fühlte ihr Herz klopfen und ihre Wangen brannten, aber sie bat ihn nicht aufzuhören und sprach auch nicht.

Sie tanzten noch immer.

„Kann man den Himmel sehen?“ fragte Kathinka plötzlich.

„Nein,“ erwiderte Huus, „die Bäume verdecken ihn.“

„So, die Bäume verdecken ihn?“ flüsterte Kathinka.

Sie tanzten. „Huus,“ sagte sie; sie sah zu ihm auf und wußte nicht, weshalb sich ihre Augen mit Tränen füllten, „ich bin müde.“

Huus hielt inne und stützte sie mit dem Arm im Gedränge.

„Wir amüsieren uns,“ sagte Bai, indem er an ihnen vorübersauste.

Sie gingen die Stufen hinab und betraten einen Pfad.

Es war ganz finster zwischen den Bäumen; es war, als ob es nach dem Regen wieder wärmer geworden wäre, und die blühenden Dornbüsche sandten ihnen einen durchdringenden Duft entgegen.

Ringsumher zwischen den Bäumen und dem Unterholz flüsterte es, bewegte es sich und eng umschlungen verbargen sich die Paare auf den Bänken im Finstern.

„Huus – Bai erwartet uns gewiß,“ sagte Kathinka – „kommen Sie.“

Sie kehrten um.

„Ja,“ sagte Bai, „jetzt gehen wir zu den Schreihälsen. Es sind einige „Sängerinnen“ dort im Pavillon – nette Mädchen, sagen die Leute... Ich muß mich nur erst von der kleinen Landdame dahinten verabschieden. Schwingen Sie Kathinka einmal herum, Huus, damit sie nicht still sitzt."

Huus schlang den Arm um Kathinka und sie tanzten wieder.

Kathinka wußte nicht, ob sie eine Minute oder eine Stunde getanzt hatten, als sie durch den Wald nach dem Pavillon gingen.

Der Gesang von fünf Damen klang ihnen aus der Tür entgegen. Sie schlugen mit den Absätzen ihrer hohen Schnürstiefel zusammen und hielten zwei Finger auf das Herz:

„Wir treten an, gebt Acht,
Die frohe Fahnenwacht,
Gegen der Männer Tyrannenmacht."

„Hier ist eine reizende Ecke," sagte Bai, „hier können wir die Damen sehen..."

Sie setzten sich. Man sah kaum die Gesichter ringsumher vor Rauch und Dunst. Die fünf Damen sangen von Bajonetten und Unerschrockenheit. Als sie fertig waren, tranken sie Punsch und kokettierten, indem sie Rosenblätter unter ihren Brustausschnitt steckten und hinter ihren Fächer kicherten.

„Nette Mädchen," sagte Bai.

Kathinka hörte kaum; Huus saß mit dem Kopf zwischen den Händen und starrte auf den schmutzigen Fußboden.

Ein kleiner Pianist, der aussah wie ein Grashüpfer, hopste über ein Klavier, als wolle er mit seiner dünnen Nase spielen.

Die Damen zankten sich darüber, „welche von ihnen jetzt dran sollte."

„Du bist dran, Julie," wurde in wütendem Ton hinter den Fächern geflüstert. „Das weiß Gott – Julie ist dran."

„Der Schornsteinfeger," rief Julie laut über die Zuhörer hinaus.

„Der ist *verboten*" – riefen ein paar Damen hinter den Fächern zum Pianisten hinab – „sie singt, was die Polizei verboten hat."

Unten im Saal schlugen sie mit den Gläsern auf die Tische.

„Pah! weil Josephine das Lied nicht singen kann."

Die Dame Julie sang den Schornsteinfeger:

„Der Schornsteinfeger August
Den Besen trägt als Schild..."

Bai klatschte, so daß er fast die Groggläser auf dem Tisch zerschlagen hätte.

„Was sagst du dazu, Tik?" fragte er.

Kathinka erschrak. Sie hatte gar nicht hingehört. „Ach ja," sagte sie.

„Sehr gut," sagte Bai. Er klatschte wieder.

„Die Romanzensängerin Fräulein Mathilde Nielssen," rief Fräulein Julie.

Die Romanzensängerin Fräulein Mathilde Nielssen trug lange Kleider und sah sehr feierlich aus. Die anderen Damen sagten: „Mathilde hat Stimme." Mathilde war als Kind gefallen und hatte eine flache Nase.

Sie legte gleich während des Vorspiels die Hand aufs Herz.

Es war das Lied von Sorrent:

Wo die dunkle Pinie zur Mittagszeit
Dem Garten des Winzers Schatten verleiht;
Wo am blauen Golf der Orangenhain
Balsamisch duftet im Abendschein;
Wo am Strand die Boote sich schaukeln und schwingen,
Wo die Stadt sich erfüllt mit Jauchzen und Klingen,
Wenn zum Tanzplatz eilen die Mädchen und singen
Der Madonna Lied, die das Heil verhieß; –
Ach niemals vergeß' ich, wohin ich gehe,
Die Täler und Höhen, die ich hier sehe,

Die Sternennächte voll Himmelsnähe,
Neapel, dein irdisches Paradies.

Fräulein Mathilde Nielssen sang sentimental mit langen, tremolierenden Tönen.

Als der Gesang beendet war, applaudierten die „Damen“, indem sie mit den Fächern auf die flachen Hände schlugen.

Die Romanzensängerin „Fräulein“ Nielssen dankte sich verneigend.

„Ich glaube gar, Tik weint über den ›Vortrag‹,“ sagte Bai. Kathinka hatte wirklich Tränen in den Augen.

Sie kamen heraus: „Jetzt gehen wir über den Kirchhof nach Hause,“ sagte Bai.

„Über den Kirchhof?“ fragte Kathinka.

„Ja, das ist der bequemste Weg – und er ist sehr *schön.*“

Kathinka nahm Huus' Arm und sie folgten Bai. Sie kamen in den Wald und gingen durch eine Allee. Lärm und Musik verklangen hinter ihnen.

„Ja,“ sagte Bai, „ein bewegter Tag – ein gut angewandter Tag.“ Er fuhr fort zu plaudern über den Tanz – wie die Mädchen sich schmiegten, die Dorfmädchen – und die „Damen“ – Fräulein Julie, fesches Mädchen – und Marie – „na, wir werden ja sehen, wie es ihr gegangen ist... ich kenne sie...“

Die beiden anderen sprachen nicht und auch keines von beiden hörte, was Bai sagte. Es war so still, daß sie ihre eigenen Schritte auf der Erde hören konnten. Am Ende der Allee erhob sich die eiserne Pforte des Kirchhofs mit ihrem großen Kreuz.

„Aber Bai!“ rief Kathinka.

„Glaubst du, daß es hier Gespenster gibt,“ sagte Bai, indem er eine Seitenpforte öffnete. Sie gingen hinein. Kathinka ergriff Huus' Arm in der Pforte. Der Kirchhof lag in der Dämmerung wie ein großer Garten da. Rosen und Buchsbaumhecken, Jasmin und Linden dufteten schwer, und graue und weiße Steine erhoben sich zwischen den Hecken.

Kathinka klammerte sich an Huus' Arm, während sie hier gingen.

Bai schritt voran. Er trabte an den Bosketts entlang und schlug mit den Armen um sich, als wenn er Hühner aufjagen wollte.

Kathinka blieb stehen und rief: „Seht doch!“

Es befand sich zwischen den Bäumen ein Aushau, so daß man über die Felder hinweg den Fjord sehen konnte. Die Dämmerung schwebte gleich einem Schleier über dem dunklen, blanken Wasserspiegel, still und träumerisch.

Es herrschte eine Stille, als ob das Leben in der dufterfüllten Luft erstorben wäre… Unbeweglich standen sie dicht nebeneinander.

Langsam schritten sie weiter. Kathinka blieb hin und wieder stehen und las die Inschriften auf den Steinen, welche in der Dämmerung hervorleuchteten. Sie las sie, Namen und Jahreszahlen mit leiser und zitternder Stimme.

„Geliebt und entbehrt.“

„Geliebt bis in das Grab hinaus.“

„Die Liebe ist die Erfüllung des Gesetzes.“

Sie trat näher und hob die Zweige der Trauerweide: sie wollte den Namen auf dem Stein lesen.

Da raschelte es hinter der Weide. – „Huus,“ sagte sie, und umklammerte seinen Arm krampfhaft.

Es entfloh etwas über die Hecke.

„Es waren ein Paar Menschen,“ sagte Huus.

„Wie ängstlich ich wurde,“ sagte Kathinka und preßte die Hände auf die Brust.

Sie ging weiter dicht neben ihm, während ihr Herz klopfte.

Sie sprach nicht mehr. Hin und wieder raschelte es in dem Gebüsch, so daß Kathinka erschrak.

„Aber liebes Herz – liebes Herz!“ flüsterte Huus wie zu einem Kinde, Kathinkas Hand zitterte in der seinigen.

Bai stand am Ende des Ganges.

„Seid Ihr da?“ fragte er.

Er öffnete die Pforte. Sie fiel hinter ihnen wieder ins Schloß.

Draußen in der Allee nahm Bai Huus bei Seite.

„Es ist bei Gott doch ein Skandal,“ sagte er... „daß so etwas geschehen kann – eine Entweihung des heiligen Ortes... Kjär hatte es mir freilich gesagt... wie sie es treiben, diese Räuber... aber ich glaubte bei Gott doch nicht, daß das möglich sei... Nicht einmal Pietät gegen die Toten! – Im Garten des Todes – pfui Kuckuck... Man kann, hol mich der Teufel, nicht einmal auf den Bänken in Frieden sitzen...“

Huus hätte ihn prügeln können.

Sie gelangten wieder auf die Straße. Die Buden standen geschlossen und öde da. Nur hier und dort packte ein Verkäufer bei einer einsamen Laterne seine Waren zusammen. Der Lärm aus dem Wirtshause drang bis auf die Straße. Schläfrig und zusammengesunken schleppte man sich paarweise nach Hause.

In dem Torweg des Gasthofes wurde Marie sichtbar; sie war schlaftrunken und müde. Kathinka wartete am Wagen, überall wurden die Wagen angespannt und fuhren dann fort. Die „Nachtigallen“ sangen so laut, daß man es auf der Straße hörte. Unsere Gesellschaft bestieg endlich den Wagen. Bai wollte fahren und saß neben Marie.

Man hörte aus dem Pavillon:

„O Du – mein Waldemar
– Jetzt wird's mir sonnenklar– –“

„Die haben Ausdauer!“ sagte Bai; sie fuhren durch die Nacht; an dem Walde vorüber; hin über die flachen Felder.

Marie hing schlafend krumm gebeugt über dem Korb auf ihrem Schoß. Huus und Kathinka saßen schweigsam nebeneinander in die Gegend hinausschauend. Nur hin und wieder sprach Bai.

„Oho – ihr alten Knaben. Nun – nun. Langsam!" – Und wieder wurde es still wie zuvor.

Bai wollte eine ›Ermunterung‹ haben und stieß Marie an, bis sie erwachte und eine Flasche Portwein fand.

„Wollt Ihr auch etwas haben?" fragte er sich umdrehend.

„Nein, ich danke," erwiderte Huus.

„Das ist unrecht, Huus!" Bai nahm die Flasche vom Munde. „Ein Magen muß etwas gegen die Nachtluft haben." Bai nahm noch einen herzhaften Schluck. „Das lernt man im Felde," sagte er. Dann begann er von dem letzten Kriege und den Preußen zu sprechen.

„Gutmütige Leute," sagte er, „das heißt, jeder für sich genommen – schwere Esser, schneidige Kerle, gutmütig – herzensgute Menschen – das heißt, jeder für sich genommen – aber in Reih und Glied – da mag der Teufel sie holen…"

Keiner antwortete. Marie nickte wieder.

Kathinka wünschte nur, daß er schweigen möchte.

„Aber starke Fresser," fuhr Bai fort.

Er begann patriotisch zu werden und sprach von dem alten Dänemark und seinem blutroten Banner. Dann verfiel er, als niemand ihm antwortete, in schweigsame Betrachtungen.

Man hörte nur das Rasseln des Pferdegeschirrs und hin und wieder hörte man über die Felder einen Hahn krähen.

„Nehmen Sie den Schal um," sagte Huus, „es ist kalt."

Vorsichtig legte er den blauen Schal um Kathinkas Schultern.

Nach und nach graute der Tag über den Feldern.

„Nun bekommen wir wohl etwas Frühstück," sagte Bai. Sie waren zu Hause angekommen und standen übernächtig auf der Treppe in dem grauen Morgen.

„Ja, wenn du es wünschst," sagte Kathinka.

Huus mußte aber nach Hause. Es sei die höchste Zeit.

„Na – wie Sie wollen," sagte Bai, er gähnte und ging ins Haus; Marie hatte die Körbe hineingeschleppt.

Huus und Kathinka blieben allein. Sie lehnte sich an den Türpfosten. Sie schwiegen eine Weile.

„Vielen Dank für den schönen Tag!" sagte sie. Es kam leise und unsicher heraus.

„Als ob nicht ich allein zu danken hätte," erwiderte Huus. Es kam gleichsam wie ein Ausbruch hervor und im nächsten Augenblicke hatte Huus ihre Hand ergriffen und sie zweimal – dreimal – mit heißen Lippen geküßt. Dann bestieg er schnell den Wagen und fuhr davon.

„Wo zum Teufel bleibt denn Huus?" sagte Bai, indem er heraustrat. „Ist er schon fort?"

Kathinka stand noch auf demselben Fleck: „Ja," erwiderte sie, „er ist nach Hause gefahren."

Sie lehnte sich an die Tür und ging dann still ins Haus.

Kathinka saß am offenen Fenster. Der Tag war angebrochen. Lerchen und alle Vögel jubelten über der weiten Gegend. Es herrschte lauter Gesang und Sonne und Zwitschern über den sommerlich prangenden Feldern.

Viertes Kapitel

Der Kettenhund schlief in dem heißen Hof und ließ sich nicht erwecken. Einige gescheuerte Milchfässer waren zum Trocknen in die Sonne gestellt.

Kathinka öffnete die Dielentür; man hörte nur das Summen der Fliegen durch die hellen, kühlen Zimmer.

Sie ging durch das Gartenzimmer in den Garten hinaus.

Dort war niemand und es war ganz still. Auf dem Kroketplatz lagen Kugeln und Hämmer verlassen. Die Rosenbüsche ließen in der Hitze die Zweige hängen.

„Sind Sie es, liebe Frau Bai?“ Diese Anrede kam halblaut aus dem Lusthaus, und Frau Linde nickte: „Ja, – Linde studiert seine Predigt.“

„Die anderen sind alle draußen im Hintergarten – Kjärs kamen mit einem ganzen Wagen voll Besuch... das kommt ja etwas ungelegen, wenn Linde seine Predigt studiert.“

„Sind Kjärs hier?“ fragte Kathinka.

„Ja... sie kamen zum Kaffee – – sie sind im Hintergarten – und der neue Doktor auch... Und Sie sind zum Markt gewesen... Huus erzählte uns davon.“

„Ja, – es war ein herrlicher Tag,“ erwiderte Kathinka, der es schwer fiel, diese Worte hervorzubringen, da ihr Herz gewaltig klopfte.

Der alte Pastor Linde erschien in der Gartentür. Er hatte ein Taschentuch um den Kopf gebunden, das jeden Freitag abend hervorgenommen wurde, wenn Pastor Linde an seiner Predigt zu studieren begann.

„Da ist ja die kleine Frau Kathinka,“ sagte er. „Und Sie befinden sich wohl?“

Der alte Pastor kam bis an die Tür des Lusthauses. Er wollte von ihrer Marktfahrt hören.

Kathinka wußte kaum, was sie selbst sagte. Während sie sprach, fühlte sie nur eine plötzliche unbeschreibliche Sehnsucht nach Huus.

„Ja – er ist ein prächtiger und guter Mensch," sagte Frau Linde, als Kathinka eine Zeitlang gesprochen hatte; und Kathinka wurde purpurrot.

„Ja," bemerkte auch der alte Pastor, „Huus ist ein seltener Mensch."

Er nahm das Taschentuch vom Kopfe und legte es vor sich auf den Tisch im Lusthause. Er fuhr fort sie über den Jahrmarkt auszufragen: „Unsere Leute kamen erst gegen Morgen nach Hause," sagte er. „Einmal müssen sie sich ja auch amüsieren," fügte er hinzu... Der alte Pastor fuhr fort zu plaudern und Kathinka antwortete, ohne auch nur ein Wort verstanden zu haben.

„Lieber Linde – deine Predigt..."

„Ja, Mütterchen – ja, liebe Frau Bai," sagte er, „es ist heute bereits Sonnabend."

Der alte Pastor trottete von dannen, das Taschentuch in der Hand.

„Wollen Sie nicht zu den anderen Gästen hinabgehen, liebe Frau Bai?" begann Frau Linde...

„Wenn ich Ihnen helfen kann... bei irgend etwas..."

„Ach, ich danke... ich gebe ihnen nur, was ich habe... Erbsen und Schinken..." Kathinka erhob sich.

„Gehen Sie durch den Hof," sagte Frau Linde.

Kathinka hatte Huus während der drei Tage nach dem Markte nicht gesehen. Wie sie doch gewartet und gehofft hatte und gefürchtet, was sie hoffte. Jetzt sollte sie ihn sehen.

Gelächter und Lärm drangen vom Hintergarten bis weit über die Felder. Kathinka öffnete die Pforte und trat ein.

„Die schöne Frau kommt," rief Agnes. Sie spielten „Eins zwei drei, das letzte Paar herbei!" auf dem großen Rasenplatz.

Kathinka hatte nur Huus gesehen. Er stand dort mitten in dem Haufen. Wie bleich war er doch und wie bekümmert er aussah!

Kathinka dachte bei sich: er hat auch gewiß nicht schlafen können, so wie ich, und sie lächelte ihm furchtsam zu mit leicht gebeugtem Kopf wie ein junges Mädchen.

Agnes stellte sich mit Kathinka auf, sie kamen vor Huus zu stehen.

„Ach was," sagte Agnes, „man kennt das: Sie haben natürlich einen Katzenjammer gehabt... deshalb sind Sie drei Tage unsichtbar gewesen.

Und wir haben Sie erwartet...

Gestern wollte uns Frau Bai gar keinen Kaffee geben, weil wir auf Sie warten sollten."

Kathinka blickte zur Erde, aber Agnes schonte sie nicht.

Es war ihr, als ob sie es ihm selbst gesagt hätte, wie sehnsüchtig sie auf ihn gewartet hatte.

„Und was ist das für ein Betragen, wenn man Gevatter bei einem Paar echter Kropfrauben stehen soll," sagte Agnes.

Weder Huus noch Kathinka vermochten ein einziges Wort hervorzubringen, aber Kathinka fühlte Huus' Blick auf sich gerichtet und blieb mit gebeugtem Kopfe vor ihm stehen.

Sie fuhren im Spiele fort. Sie sah nur ihn. Sie wechselten nur die Worte des Spiels mit halblauter Stimme; keiner von ihnen wäre imstande gewesen laut zu sprechen.

Kathinka wußte nicht, daß ihre Hände im Spiel in den seinigen ruhten, und sie ließ sie zaudernd los.

Es sollte zum Abendessen im Lusthause gedeckt werden. Der alte Pastor und der Kaplan Andersen kamen mit Luise der Ältesten und der kleinen Jensen.

„Na," sagte Agnes, „dann haben sie also wirklich den Schinken gerochen."

Bevor die Gäste zu Tische gingen, hatte Luise die Älteste sich bereits an den neuen Doktor herangemacht und ihm ihre Schönheit gezeigt.

Als sie alle im Lusthause Platz genommen hatten, rief der alte Linde zur Tür hinaus, ob nicht ein Paar auf der Liebesbank vergessen worden sei.

Die ›Liebesbank‹ war eine alte, morsche Bank zwischen zwei Bäumen unten am Teich.

„Dort ist es so hübsch finster," bemerkte Frau Linde. „In alten Tagen," fuhr sie fort, „als unsere Söhne schwärmten – da kam stets ein Paar von da unten her – das heißt – jeder schlug seinen eigenen Weg um das Lusthaus ein... ja – damals –"

Die ›Liebesbank‹ war Frau Lindes liebstes Thema.

„Ja – ja – Linde – da sind gar manche glücklich geworden," sagte sie.

Sie begann alle diejenigen aufzuzählen, die sich im Pfarrhof verlobt hatten... Es entstand am ganzen Tisch ein allgemeines fröhliches Geplauder über Liebe und Verlobung...

„Ja – – in dem Sommer, als sowohl Richard wie Hans Beck sich verlobten... Agnes rasselte stets mit dem Drücker, ehe sie die Tür öffnete... und nun gar die Nußallee... Na – ja, man war stets der Gefahr ausgesetzt zu stören... Es raschelte stets etwas zwischen den Zweigen... Fräulein Horten trug einen kraßgelben Rock... der schien!"

„Ja," bemerkte der alte Pastor, „man muß sich hüten, grelle Farben zu tragen."

„Aber es ist wunderschön in der Nußallee," platzte ein junges Mädchen heraus. Alle lachten so, daß sie sich über den Tisch warfen.

„Linde, Linde," rief Frau Linde, „vergiß auch nicht, daß heute Sonnabend ist..." Der alte Pastor lachte so, daß er einen Husten bekam. „Aber es war damals wirklich so, als wenn man ein ewiges Küssen in allen Ecken vernähme... Ja, ja," sagte Frau Linde, die die Sache praktisch nahm, „sie sind alle sehr gut angekommen..."

„Prost, liebe Frau Kathinka – wir wollen ein Glas trinken, wir beiden Alten," sagte der Pastor.

Kathinka fuhr zusammen: „Ich danke..."

Es wurde von einem jungen Paar gesprochen... dem letzten von der Liebesbank. Sie hatten bereits einen Knaben bekommen.

„Haben sie einen Jungen bekommen?"

„Ja – einen prächtigen Knaben."

„Acht Pfund," sagte Frau Linde.

„Und eine Häuslichkeit –!"

„Alles wie geleckt! Und ein Girren, als ob sie noch in den Flitterwochen wären."

Die Mahlzeit war beendet und Frau Linde machte dem Pastor ein Zeichen.

„Ja, ja," sagte der alte Pastor, „trinken wir Mutters Gesundheit."

„Gesegnete Mahlzeit!"

Alle erhoben sich und bald darauf hörte man ein Summen im Garten. Kathinka lehnte sich an die Wand. Das Lärmen und Reden da draußen erschien ihr wie in weiter, weiter Ferne und sie sah nur Huus' bleiches, bewegtes Antlitz, sein geliebtes Antlitz.

Ein Paar Mädchen kamen, um den Tisch abzuräumen, und Kathinka ging in den Garten hinaus. Man wollte Verstecken spielen. Agnes war dabei abzuzählen:

„Ene bene Tintenfaß,
Geh zur Schul und lerne was."

Der alte Pastor verabschiedete sich. Es sei ja Sonnabend, sagte er. Er begegnete Bai in der Gartenpforte: „Guten Abend – Inspektor... Ja, ich muß zu meiner Predigt."

Luise die Älteste stand bei dem großen Jasminbusch. Da war ein Huschen und Verstecken hinter allen Büschen.

„Sie sieht, sie sieht," rief einer der Mitspielenden, welcher an dem Jasminbusch vorüberlief.

Und dann wurde es still.

„Ich *komme*," rief Agnes.

Kathinka trat ins Lusthaus. Sie schloß die Tür hinter sich: sie war so müde. Alle Worte, welche bei Tisch gefallen waren, hatten sich gleichsam um sie gelagert wie ein großer und hilfloser Schmerz.

Sie saß still da, als die Tür geöffnet und geschlossen wurde: „Huus...!"

„Kathinka – aber Kathinka..." Die Worte ertönten mit verzweifelter Stimme und fast unter Weinen. Er riß ihre Hände an sich und küßte sie immerfort, während er zu ihren Füßen lag.

„Ja, mein Freund – ja, mein Freund."

Kathinka machte ihre Hände los und stützte sich einen Augenblick auf seine Schulter, während er vor ihr kniete: „Ja – Huus, ja."

Die Tränen liefen ihr an den Wangen herab; so unbeschreiblich zärtlich ließ sie die Hand durch das Haar des Schluchzenden gleiten.

„Ach lieber Huus – die Zeit wird alles mildern... bei Ihnen... wenn Sie," fuhr sie fort, indem sie die Hände von seinem Haar nahm und sich auf den Tisch stützte, „jetzt reisen... und wir uns nicht mehr sehen..."

„Nicht mehr sehen..."

„Ja – Huus – – so wie es auch sein muß..."

„Nein, ich werde mich Ihrer stets erinnern – immerdar und ewig..."

Sie sprach so sanft mit tausend kummererfüllten Liebkosungen in ihrer Stimme.

„Kathinka," rief Huus; er wandte das Gesicht, das in Tränen gebadet war, zu ihr empor.

Kathinka sah auf sein Gesicht hinab. Wie sie jeden dieser Züge liebte. Die Augen, den Mund, seine Stirn – die sie nie mehr Wiedersehen sollte; denen sie nie mehr nahe sein sollte.

Sie tat einen Schritt, gleichsam um zu gehen. Dann wandte sie sich zu Huus um, der am Tisch stand.

„Küssen Sie mich," sagte sie, indem sie den Kopf an seine Brust lehnte.

Er nahm ihren Kopf zwischen seine beiden Hände und flüsterte unter Küssen wieder und wieder ihren Namen.

– – Draußen im Garten liefen sie hin und her. Luise die Älteste stürzte durch die Nußbaumallee hinter dem neuen Doktor drein, so daß sie Bai und Kjär fast über den Haufen gerannt hatte.

„Ja – wir waren auf dem Jahrmarkt," sagte Bai, „ein gemütlicher Tag... Ein paar verteufelt nette Mädchen im Walde – flinke Mädchen in hohen Stiefeln, ein förmlich frischer Hauch, alter Freund Kjär..."

„Huus erzählte mir es schon," erwiderte Kjär.

„Huus," rief Bai, hielt aber plötzlich inne und sprach mit halbgedämpfter Stimme, „Huus – was habe ich gesagt? Ach, der Mensch versteht sich weiß Gott nicht auf Frauenzimmer. Er saß so geniert wie ein junges Gössel da und sah die ›Nachtigallen‹ an... ein wahrer Jammer, alter Freund Kjär, das mit anzusehen – ein wahrer Jammer – –"

Luise die Älteste fiel dem neuen Doktor vor dem Jasminbusch in die Arme.

Es begann zu dämmern. Ringsumher im Garten promenierte man paarweise. Ein Name wurde laut durch den Gang gerufen. „Ja-a," ertönte es dann aus der Gegend am Teiche.

Und dann, während die Glocken den Sonntag einläuteten, wurde es stiller und stiller. Schweigend ging man zusammen nach der großen Grasbank und dort sprach man in kurzen gedämpften Sätzen.

Kathinka saß neben Agnes. Die Pfarrerstochter machte der ›schönen Frau‹ immer den Hof.

„Singen Sie ein wenig, Fräulein Emma," sagte Agnes.

Eine kleine Dame fing an zu singen, während die anderen ringsumher auf der Grasbank saßen. Es war der Gesang von Herr Peter.

Alle die jungen Mädchen fielen in den Refrain ein.

Agnes wiegte die schöne Frau leise hin und her, während sie sang:

„Schöne Worte
Schaffen kurze Freud',
Schöne Worte
Schaffen langes Leid,
Schöne Worte!"

Und es wurde wieder still. Sie sangen ein Lied nach dem anderen. Bald erklang nur eine Stimme, bald fielen mehrere ein.

Kathinka blieb bei Agnes sitzen, schweigsam an sie gelehnt.

„Singen Sie mit, schöne Frau," sagte Agnes, indem sie das Gesicht zu Kathinka hinabbeugte.

Es war völlig Abend geworden. Die Büsche ringsum standen wie große Schatten da. Und nach dem warmen Tag war die Luft taufrisch und voller Duft.

Ein Herr redete Huus an und er antwortete. Kathinka hörte seine Stimme.

„›Marianne‹ wollen wir singen, das ist sehr hübsch," sagte Fräulein Emma.

„Ja... ›Marianne‹."

Agnes und Fräulein Emma sangen. „Bleiben Sie doch sitzen," sagte Agnes zu Kathinka.

„Unter des Grabes Nasen schlief
die arme Marianna,
Kam die Maid und beklagte tief

die arme Marianna.
Um das Herz sich die Schlange schlingt;
Nimmer die Erde dir Frieden bringt; –
Arme Marianna.“

„Frieren Sie, schöne Frau?“

„Wir müssen wohl nach Hause,“ sagte Kathinka, indem sie sich erhob. „Es ist gewiß spät.“

Sie stand außerhalb des Gartens. Sie hatte ihm Adieu gesagt.

Sie hatte sein Gesicht gesehen, bekümmert und blaß, während er sich hastig über sie hinabbeugte. Sie hatte seinen Händedruck gefühlt, krampfhaft, so daß es schmerzte, und Bais Ruf gehört:

„Adieu – Huus, – wir sehen uns noch.“

Und schnell, indem sie sich zwang, über etwas zu lächeln, was sie nicht gehört hatte, reichte sie allen die Hand und Agnes umfaßte sie und lief mit ihr bis zur Gartenpforte.

Die Pforte schlug zweimal hin und her und fiel endlich ins Schloß... und hinter ihnen sangen sie drinnen im Garten.

„Laß uns diesen Weg gehen,“ sagte sie.

Es war ein Pfad über die Felder längs des Pfarrgartens; man mußte hintereinander gehen.

Kathinka schritt langsam hinter Bai her.

„Gute Nacht!“ ertönte es zu ihnen herüber. Der alte Linde hatte den Hügel im Garten bestiegen und hielt das Taschentuch um den Kopf geschlungen.

„Gute Nacht, Herr Pastor!“

„Gute Nacht!“

Sie gingen weiter über das Feld. Beim „Gute Nacht!“ des Pastors kamen plötzlich Tränen in Kathinkas Augen und sie fuhr fort leise zu weinen. Sie drehte sich zweimal um und sah sich nach dem alten Linde auf seinem Hügel um.

„Kommst du?“ fragte Bai.

Sie kamen heim. Bai revidierte die Weiche, redete und sah alles nach, und ging endlich schlafen. Kathinka ging umher und verrichtete die gewohnten Geschäfte, bedeckte die Möbel, begoß die Blumen und löschte die Lampe aus. Das geschah alles wie durch einen Schleier, wie im Traum.

Sie stand am nächsten Tage auf und ging an die gewohnte Arbeit; denn die Züge kamen und gingen und sie saß am Fenster vor den Feldern, die heute wie gestern dalagen. Sie sprach, wurde alltäglich gefragt und gab alltägliche Antworten. Sie war draußen in der Küche, um Marie, dem Mädchen, zu helfen. Fenster und Türen standen offen, drüben in der Filialkirche begannen die Glocken zu läuten. Marie plauderte in einem fort, als plötzlich Frau Bai sagte: „Ich gehe in die Kirche.“ Und fort war sie, ehe Marie antworten konnte. Frau Bai lief fast über die sonnenheißen Felder hin.

Fünftes Kapitel

Einige Tage später reiste Kathinka nach ihrer Vaterstadt.

Einer ihrer Brüder hatte dort ein Kaufmannsgeschäft – bei ihm wohnte sie –; die anderen Geschwister waren in alle Winde zerstreut.

Ihre Schwägerin war eine liebe, kleine Frau, die jedes Jahr ein Kind zur Welt brachte und halb geniert und eingeschüchtert in ihrer ewigen Schwangerschaft herumtründelte. Sie war sehr bequem geworden und zum Teil auch ein wenig verdummt. Sie hatte ja auch weiter nichts zu tun, als Kinder in die Welt zu setzen und zu nähren. Im Hause befand sich unter den Zimmern immer eins, in dem man nicht dazu gekommen war, die Gardinen aufzuhängen; diese lagen gesteift bereit und harrten ihrer Bestimmung, über alle Stühle zerstreut. Gewaschen wurde im Hause stets der vielen Kleinen wegen, überall sah man Schnüre mit Leinenzeug und Strümpfe. Das Essen zu den Mahlzeiten wurde nie zur rechten Zeit fertig und es waren stets zu wenig Teller, wenn man endlich zu Tisch kam.

„Die kleine Mi und Mutter essen zusammen," sagte die kleine Frau.

Die Türen klappten unablässig, und jede halbe Stunde hörte man ein Geheul durch das Haus, als werde ein Ferkel abgestochen. Es war eins von den Kleinen, das in irgend einem Winkel gefallen war. Sie hatten stets Beulen vorn und hinten.

„Na," sagte der Bruder, „schon wieder – –"

„Ja – was soll ich dabei machen, Christopher?" sagte die kleine Frau.

Sie sagte stets: „Ja, was soll ich dabei machen, Christopher?" – und dann sah sie hilflos drein.

Nach und nach kam mit Kathinka Ruhe ins Haus. Sie bedurfte der Beschäftigung, sie wußte sich nützlich zu machen und ging so lautlos umher, während alles getan wurde.

Die kleine Schwägerin saß förmlich erleichtert in ihrem Stuhl in einer Ecke und lächelte dankbar – sie saß stets in den Ecken hinter einem Sekretär oder neben dem Sofa – mit ihrem verlegenen Lächeln.

Kathinka blieb am liebsten zu Hause innerhalb der vier Wände. Hier befanden sich die alten Möbel aus ihrem Elternhaus, all die alten Dinge: das Meisterstück des Vaters, ein Schrank aus Eichenholz mit geschnitzten Figuren auf den Türen – daheim hatte er in der Staatsstube zwischen den Fenstern gestanden.

„Das ist Moses und seine Propheten," sagte der Vater. Kathinka hatte gemeint, daß diese Männer das wunderbarste auf der ganzen Welt seien.

Und der Marmortisch, der auf einer Auktion gekauft worden war und auf dem die ›feinen Sachen‹ in systematischen Reihen standen: die silberne Zuckerschale mit der Kanne und dem silbernen Becher, einem Ehrengeschenk der Tischlerzunft.

Während sie im Hause umherging und Ordnung schaffte, fand Kathinka stets Erinnerungen aus ihrem Elternheim, eine alte Tasse mit Inschrift, ein vergilbtes Bild, drei, vier Teller...

Die alten Teller, mit den blauen Chinesen und der Garten mit drei Bäumen und der kleinen Brücke über den Bach – – – Wie viele Geschichten über diese Chinesen hatten sie sich nicht daheim des Sonntags erzählt, wenn das feine Service gebraucht wurde!

Kathinka bat, ob sie diese alten Teller behalten dürfe:

„Ob du es darfst?" sagte die kleine Frau... „O mein Gott – es sind ja nur Scherben (alles war in Scherben dort im Hause) – hier wird ja alles ruiniert... aber was soll ich dabei machen?"

Wenn Kathinka wirklich einmal das Haus verließ, ging sie zu den Gräbern ihrer Lieben nach dem Kirchhof. Dort oben war es am besten; sie meinte oft, sie sei wie eine Witwe, die hier am Grabe ihres Mannes säße.

Er wäre so plötzlich gestorben, sie hatten so kurze Zeit miteinander gelebt und jetzt stand sie allein, ganz allein.

Und wie sie so da saß, las sie die Inschrift auf den Grabsteinen, die Namen ihres Vaters und ihrer Mutter.

Ob sie einander geliebt hatten? Der Vater, der stets gebrummt hatte und da saß und sich aufwarten ließ, – und die Mutter, die so ganz anders wurde, als er gestorben war, als ob sie plötzlich von neuem wieder aufblühte...

Wie *wenig* sie doch ihre Eltern gekannt hatte!

Ja – wie wenig sie doch einander kennen – alle Menschen, die miteinander und nebeneinander leben...

Kathinka lehnte den Kopf gegen den Stamm der Trauerweide. Sie fühlte eine bittere Trostlosigkeit, die sie früher nie gekannt hatte.

Auf die Straße oder in die Stadt kam sie nur selten. Es war überall sehr viel Neues und alles war ganz anders als früher. Lauter neue Gesichter und neue Namen, Leute, die sie nicht kannte.

Sie war in dem alten Hause gewesen. Dort waren Hinterzimmer aus der alten Werkstatt erbaut worden. Und da waren Fenster und neue Türen eingesetzt, und wo früher ihr Taubenschlag gewesen war, hatte man eine Giebelstube eingerichtet.

Kathinka ging nicht mehr nach dem alten Hause.

Auf der Straße war sie Thora Berg begegnet.

„Aber, das – ja, das ist ja die alte Stimme – das ist ja Kathinka...“

„Ja.“

„Aber, Kind, – wo kommst du denn her?... Du bist ganz unverändert.“

„Und du?“ sagte Kathinka; sie hatte Tränen in den Augen.

„Ich – Gott erbarme sich, ich wohne ja hier – seit dem Frühling – wir sind versetzt worden.

Ja, mein Kind, es ist inzwischen viel Wasser ins Meer gelaufen... Du hast wohl keine Kinder?“

„Nein,“ antwortete Kathinka.

„Dachte ich es doch. – Dank deinem Gott, Thinka – ich habe vier und fünf Pensionäre... ja – man reicht nicht weit mit der Gage eines Hauptmanns zweiter Klasse... Aber du... wo wohnt Ihr, Kinder – immer auf der alten Stelle... Ach Gott, wir beim Militär, wir haben ja keine bleibende Stätte...“

Thora sprach weiter. Kathinka ging neben ihr her und sah sie an. Eigentlich war es dasselbe Gesicht, aber es hatte gleichsam straffe Linien bekommen und war so gelb und spitz am Kinn geworden.

„Du siehst mich an, Thinka,“ sagte Thora, „ja – du – von Klubbällen kann man just nicht leben...“

Sie sagte, sie werde Kathinka besuchen und sie mit nach Hause nehmen in ihr Nest.

„Aber,“ fügte sie hinzu, „jetzt stehen meine Kinder und Pensionäre gerade vor dem Examen – wir sitzen bis an den Hals in französischen

Vokabeln.“ Sie trennten sich. Kathinka blieb stehen und sah ihr nach. Sie trug eine kurz abgeschnittene Sammetjacke über einem gelben Kleide. Es war alles schräg genommen und sah aus, als sei es ein wenig zu eng.

Sie sahen sich erst ungefähr nach einer Woche in der Kirche wieder.

„Man kann nicht aus der Tür kommen – ich habe dich jeden Tag besuchen wollen,“ sagte Thora. „Komm nur am Mittwoch zu uns, du… Mittwoch um drei Uhr nachmittags… Am Mittwoch hat man die meiste Ruhe,“ fügte sie hinzu.

Kathinka fand sich am Mittwoch dort ein.

Thora war in der Küche, als sie kam, und Kathinka mußte in der Wohnstube warten. Das Zimmer war zu groß für die Möbel, Thoras alte Ausstattungsmöbel, die abgenutzt und verblichen waren. Am Fenster standen ein moderner Blumenständer mit einem Gummibaum und ein Rohrschaukelstuhl mit einer gestickten Decke. Das waren die Staatsmöbel.

Auf dem Tisch lagen eine Gedichtsammlung in verblichenem Einband und einige Rheinpanoramas; Erinnerungen von der Hochzeitsreise des Hauptmanns und seiner jungen Frau.

An den hohen, gelb tapezierten Wänden hingen einige Blumenstücke in schmalen, vergoldeten Rahmen. Es waren Rosen und Stiefmütterchen mit großen Tautropfen, die wie Glasperlen über die Blätter ausgestreut lagen. Kathinka kannte sie, Thora hatte sie als junges Mädchen gemalt.

„Ja, man schmückt sein Haus mit seinen alten Talenten,“ sagte Thora; sie kam herein, als Kathinka die Rosen mit den Glasperlen betrachtete.

Der Hauptmann öffnete die Tür im leinenen Hausrock und bloßem Halse: „Soll gegessen werden?“ fragte er.

„Wir haben ja Besuch, Dahl,“ sagte Thora, und die Tür wurde geschlossen. „Dahl zeichnet topographische Karten, du,“ sagte sie.

Der Hauptmann wurde wieder sichtbar, jedoch in Interimsuniform.

„Sehr erfreut – sehr erfreut," sagte er und begann im Zimmer auf und nieder zu gehen. Wenn der Hauptmann nicht Karten zeichnete oder kommandierte, hatte er stets einen Verfalltag und eine Rechnung im Kopfe. Es waren Überreste aus den Leutnantstagen und von der Hochzeitsreise mit den beiden Rheinpanoramas.

Thora saß da und redete ununterbrochen. Kathinka dachte, wie unruhig Thoras Augen geworden seien, denn bald richteten sie sich auf die Tür, bald auf Dahl, während sie immer weiter redete.

„Es ist ein Viertel," sagte der Hauptmann.

„Die Knaben sind noch nicht da," sagte Thora.

„Und deshalb essen wir nicht?" sagte der Kapitän. „Sie müssen wissen, Frau Bai, die Jungen sind hier die Herren im Hause."

Thora sagte nichts und der Hauptmann setzte sich auf einen abseits stehenden Stuhl am Schreibtisch. Die Rücklehne fiel herab.

„Daß der Stuhl auch nie zum Tischler kommt," sagte er.

„Ja – Dahl..."

„Wir warten nun schon ein halbes Jahr darauf, Frau Bai," sagte der Hauptmann, indem er sich leicht vor ihr verbeugte, „das ist so *Mode* hier im Hause."

Die Knaben meldeten sich, indem sie wie die wilde Jagd von der Bodentreppe herabstürzten.

„Da sind sie," sagte Thora. Man ging ins Speisezimmer. Der Kapitän hatte Kathinka den Arm geboten. Thora setzte die herabgefallene Lehne wieder auf, so daß sie sich gegen die Wand stützte.

„Wo seid ihr gewesen?" fragte der Kapitän.

„Wir haben gebadet," antworteten die Knaben. Sie hatten eine Stunde lang am Rande eines Grabens geraucht und dann die Köpfe in ein Waschbecken gesteckt.

„Das sind *meine* Kinder," sagte Thora. Mit dem Worte ›meine‹ meinte sie einen neunjährigen Knaben und drei kleine Mädchen, deren Haar mit Wasser glatt gekämmt war.

Der Kapitän nahm Natron zum Essen und wischte bei jedem Bissen seinen Napoleonsbart, der in dem müden Gesicht gewichst und wohlgepflegt war.

Der Kapitän sprach über die Gehaltsverhältnisse an der Eisenbahn.

Die Pensionäre waren fünf Gutsbesitzerssöhne, die in die Realschule gingen. Diese nannten „meine vier" „Bettlerkinder" und prügelten oft den neunjährigen Knaben; sonst waren sie ganz gutmütige Bengel.

Sie aßen wie die Wölfe und sagten, daß sie nie satt würden, ausgenommen „daheim auf dem Gut".

Der neunjährige Knabe saß mit großen, altklugen Augen da und blickte bald die Knaben, bald Thora an.

„Das Porzellan hat einen Riß zu Ehren unseres Besuchs," sagte der Hauptmann, indem er Kathinka den Gurkensalat in einer gerissenen Schüssel reichte.

„O, das geschieht so leicht, Herr Hauptmann," sagte Kathinka.

Der eine Knabe bat fortwährend um mehr Kartoffeln. Er hatte gesehen, daß keine mehr in der Schüssel waren.

„Da ist Gurkensalat," sagte Thora... „Dahl, willst du mehr haben?"

„Du bekommst ja selbst nichts, Thora," sagte Kathinka, „wir haben ja alle bereits bekommen –"

„Liebe Frau Bai," sagte der Hauptmann, „das ist ihr Privatvergnügen. Was Ruhe ist, wissen wir hier im Hause nicht."

Thora schnitt das Fleisch für die kleinsten der Mädchen.

„Mein Herr Gemahl ist heute in sehr guter Laune – das kannst du wohl hören..." sagte sie lachend, „nicht wahr, Herr Hauptmann?"

Der Hauptmann war stets in dieser Laune.

„Welche Nummer hast du in der Geographie bekommen, Gustav?“

„Kaum genügend,“ ertönte es in tiefem Baß von einem der Teller.

„Glaubst du, Gustav, daß dem Vater damit zufrieden sein wird?“

„Meinem Vater ist das ganz egal,“ sagte der Baß.

Man erhob sich vom Tische. Alle Türen im ganzen Haus Klappten hinter den Jungen.

„Ja – Frau Bai,“ sagte, der Hauptmann, „das ist Thoras Invasion; sie fürchtet, daß wir einmal Ruhe und Frieden im Hause bekommen könnten.“

Der Hauptmann ging wieder an seine Karten. Thora hantierte hinter dem Petroleumkocher mit allerlei Kaffeemischungen.

„Kann ich dir denn nicht helfen?“ fragte Kathinka.

„Nein, ich danke, Thinka.“

Thora hatte rote Flecken auf den Wangen, sie hielt sich die Schläfen: „Es ist immer ein bißchen viel bei Tische, du,“ sagte sie.

„Aber du nimmst die Sache viel zu unruhig, Thora,“ sagte Kathinka, die selbst schon ganz warm geworden war.

„Wenn man diesen Radau vom Morgen bis zum Abend hat, mein Kind,“ sagte Thora.

Sie kam nicht zur Ruhe an ihrem Nähtisch. Die Türen gingen unablässig. Die Knaben hatten sich verschworen, daß aus dem Kaffeeklatsch nichts werden sollte, – und rutschten jede Minute von der Bodentreppe herab, um nach Vokabeln zu fragen.

Thora hielt die Hand vor die Stirn und ging vom Englischen zum Deutschen über.

Der Neunjährige „übte“ im Eßzimmer.

„Nikolai, immer mußt du üben, wenn ich Kopfschmerzen habe... Höre doch endlich auf.“

Nikolai schlich sich leise vom Klavier fort. Thora schalt immer ihre „eigenen“, wenn sie von den Pensionären gepeinigt wurde.

Thora setzte sich in die Sofaecke und zog die Beine unter sich – wie sie es als junges Mädchen so oft zu tun pflegte.

Sie sprachen von den Leuten in der Stadt.

„Ja – es sind lauter neue Familien – die alten sind fort.“

„Ja – die alten sind fort,“ sagte Kathinka. Sie blickte Thora an, die den Kopf gegen den Sofarücken gelehnt und die Augen geschlossen hatte. Wie tief sie eingefallen waren, diese Augen.

„Ich weiß bald niemand mehr von alten als deinen Bruder,“ sagte Thora.

„Ach ja doch...“

Thora lachte: „Großer Gott, deine arme Schwägerin,“ sagte sie – „ist sie schon wieder so weit?“

„Ja – die Ärmste!“

Sie schwiegen eine Weile, dann sagte Thora, indem sie die Augen öffnete: „Ach du – wir sind ja alle hier auf Erden zur Fortpflanzung bestimmt.“

Thora schloß die Augen wieder und die beiden Freundinnen saßen schweigend da.

„Ja – du, Thinka,“ sagte Thora dann: „Das Leben ist sehr wunderlich.“

Kathinka blieb nicht zum Tee. Sie sagte, sie habe versprochen nach Hause zu kommen. Sie fühlte das Bedürfnis, in die frische Luft hinauszukommen und allein zu sein. Als sie auf der Straße war, bekam sie die Idee, dem „Fräulein“ einen kurzen Besuch zu machen. Es war so still bei der Alten und so unverändert. Kathinka bog um die Ecke der Straße, wo das Fräulein wohnte. Ihr traten Tränen in die Augen, als sie die drei Linden vor den Fenstern sah. Sie war schon bei Thora dem Weinen nahe gewesen – während der ganzen Zeit.

Sie stieg die kleine Treppe neben dem grünen Keller hinauf und klopfte an. Geruch von Rosen und Sommeräpfeln strömte ihr entgegen, als sie die Tür öffnete.

Das Fräulein pusselte mit Rosenblättern, die sie auf Zeitungspapier in der Schlafkammer ausgebreitet hatte, um Potpourri daraus zu machen.

Alle die jungen Mädchen aus Holmstrupp waren bei ihr gewesen...

„Sie wollten ja ihre Birnen vom Baume haben," sagte das Fräulein – „jetzt geht es damit zu Ende."

Kathinka mußte mit hinauskommen und den Baum und „meine" Rosen sehen.

„Es waren gerade drei Rosen zu Madame Byströms Kranz dagewesen... drei Rosen waren wirklich dagewesen..."

Sie gingen wieder hinein. Das Fräulein plauderte über allerlei, indem sie sich hin- und herbewegte, so daß ihre Worte sich zwischen den Türen verloren. Kathinka saß auf dem Fenstertritt; sie antwortete nur hin und wieder mit einem Ja oder Nein. Durch die offene Küchentür sah man in den grünen Garten hinaus. Die Vögel zwitscherten, so daß man es im Zimmer hörte.

Wie still war es doch hier, als gäbe es gar keine Welt außer dieser.

Kathinka besah die alten Bilder, die vergilbt in ihren schiefen Rahmen hingen; sie erkannte jedes einzelne wieder. Die silberne Kaffeekanne auf dem Tisch, das Prachtstück mit den drei Paar echten Tassen, und auf der Konsole vor dem verblichenen Spiegel die feinen Nippsachen, mit darüber gebreiteten Taschentüchern bedeckt, und Läufer auf dem Boden nach allen Türen und die Katzen, die auf ihren Kissen schnurrten.

Sie erkannte alles wieder.

Das Fräulein fuhr fort zu plaudern, während sie aus und ein ging. Kathinka hörte nichts mehr. Es begann dämmerig zu werden, hier drinnen, wo die Linden Schatten warfen, und die alten Ecken lagen im Halbdunkel. Es war das zweitemal, daß das Fräulein den Namen Huus draußen in der Küche nannte. Kathinka erschrak, sie glaubte, sie habe selbst den Namen in Gedanken laut ausgesprochen.

„Da ist ja ein Herr Huus in Eurer Gegend," sagte das Fräulein wieder.

„Ja, Verwalter Huus," erwiderte Kathinka. „Kennen Sie ihn?"

Das Fräulein erschien in der Tür. Ob sie ihn kannte? Er sei ja ein leiblicher Halbvetter von Vetter Karl auf Kjärsholm.

„Von den Kjärsholmern, die mit einer Lundgaard verheiratet waren, – in zwei Generationen."

Sie begann von Huus und von seiner Mutter zu sprechen, die eine Lundgaard war, und von ihrem Gut, ihren Verwandten, von Vetter Karl auf Kjärsholm und von der alten Familie... während sie immerfort hin und her ging. Sie zündete Licht in der Küche an und beschäftigte sich mit den Rosen im Schlafzimmer auf dem Bett. Kathinka saß still in ihrer Ecke und hörte nur *seinen* Namen, der stets wiederkehrte.

Das erstemal, daß sie seinen Namen während aller dieser Wochen hörte.

„Aber wie ist er denn eigentlich?" fragte das Fräulein, indem sie ins Zimmer trat, die schlafende Katze vom Lehnstuhl nahm und sich, die Hände über der Katze in ihrem Schoß gefaltet, unterhalb des Fenstertrittes hinsetzte.

Kathinka begann zu sprechen – einige allgemeine Worte, fast zaudernd, als ob sie an etwas ganz anderes dächte. Aber dann überkam sie es plötzlich, von ihm zu sprechen, seinen Namen zu nennen – seinen Namen nennen zu können. Und sie erzählte von Weihnachten, von dem blauen Schal und von dem Neujahrsabend, als er im Schlitten kam, und von den Winternächten, wenn sie ihm unter den vielen Sternen das Geleite gaben.

„Ja," sagte das Fräulein von ihrem Stuhl aus, „ja – es sind prächtige Menschen... diese Huus."

Kathinka fuhr fort, mit gedämpfter Stimme im Halbdunkeln von ihrer Ecke aus zu sprechen.

Als das Frühjahr gekommen war, hatte er ihr im Garten geholfen – er hatte die Rosen gepflanzt – er konnte alles...

„Ja," sagte das Fräulein, „das ist eine prächtige Familie."

Und von der Zeit während der Sommertage, die dann kamen, und von dem Jahrmarkt... von allem erzählte sie. – – Das Fräulein begann in ihrem Lehnstuhl mit dem Kopfe zu nicken – das Fräulein wurde leicht schläfrig, wenn sie *zuhören* sollte – und schlief, die Hände über der Katze gefaltet.

Kathinka hielt inne und saß schweigend da. Draußen wurde das Gas angezündet und erhellte die Stube: die Bilder an den Wänden, die alte Uhr und das Fräulein, das mit der Katze im Schoße schlief, den Kopf auf die Brust gesenkt.

Das Fräulein erwachte und hob den Kopf: „Ja," sagte sie, „er ist ein prächtiger Mensch."

Kathinka hörte nicht, was sie sagte. Sie erhob sich nur, um fortzukommen. Und draußen in der frischen Luft auf dem Wege hinter der Stadt, wo sie ging, war es ihr nur, als ob ihre Sehnsucht mit jedem Schritt wüchse. Ein paar Tage später erhielt sie eines Morgens einen Brief von Bai. „Das Bemerkenswerteste, was sich hier zugetragen hat," schrieb er, „betrifft Huus. In der vorigen Woche reiste er nach Kopenhagen, in Geschäften, wie er sagte, und einige Tage nachher schrieb er dann an Kjär, denke nur, er möchte ihn aus seinen Diensten entlassen. Er habe Gelegenheit gefunden, nach Holland und Belgien zu reisen, schrieb er, – infolge eines Stipendiums, und würde einen Stellvertreter senden. Und dieser Stellvertreter kam gestern. Kjär flucht und schilt und mir ist es auch sehr fatal – jetzt, wo wir uns so gut an diesen Philister gewöhnt hatten."

Der Brief lag aufgeschlagen vor Kathinka auf dem Tisch. Sie las ihn wieder und wieder: sie hatte nicht geahnt, daß sie doch Hoffnung genährt hatte. Aber sie hatte geglaubt, es sei alles nur ein Traum: ein *Wunder* müsse geschehen. Sie müsse ihn wiedersehen und er würde nicht reisen.

Und nun war er dennoch gereist. Gereist – weit fort.

Die Kinder ihres Bruders schwatzten um sie her bei ihrer Milch. „Tante – Tante Thinka!“ Das kleinste der Kinder fiel vom Stuhl und brüllte.

„Ach mein Gott, Emil ist gefallen,“ sagte die kleine Frau...

Kathinka hob Emil auf, trocknete sein Gesicht ab – und ohne es selbst zu wissen – kehrte sie zu ihrem Briefe zurück.

Gereist – und weit fort.

Aber jetzt wollte sie nach Hause, wollte daheim sein und nicht unter diesen *fremden* Menschen.

Wenigstens wollte sie heim.

Es war am letzten Nachmittag, als sie sich im Hause ihres Bruders befand. Das Kindermädchen war mit der ganzen Kinderschar in den Park gegangen.

Kathinka und ihre Schwägerin saßen allein im Zimmer; diese brütete über ihrem Kinderzeug.

Da legte die kleine Frau plötzlich mitten in ihrer Beschäftigung den Kopf auf den Nähkasten und schluchzte.

„Aber Marie,“ sagte Kathinka, „aber Marie, was ist denn...“

Sie erhob sich und trat zu ihrer Schwägerin hin: „Was hast du denn, Marie?“ fragte sie.

Die kleine Frau fuhr fort, in ihren Nähkasten hineinzuschluchzen.

Kathinka umfaßte ihren Kopf und sprach ihr ruhig zu. „Aber Marie, was ist denn nur – Marie?“

Die kleine Frau erhob dos Gesicht: „Ja,“ sagte sie, „nun reist du... und du warst so gut zu mir“... sie schluchzte und legte wieder den Kopf über ihren Nähkasten... „so gut zu mir... die ich mich stets in diesem Einerlei bewege... stets...“

Kathinka war gerührt. Sie kniete auf dem Fußboden vor der kleinen Frau und ergriff ihre Hände: „Aber – Marie,“ sagte sie, „es wird ja anders werden.“

„Ja“ – und die kleine Frau fuhr fort zu weinen, indem sie den Kopf an Kathinka lehnte – „wenn ich einmal alt geworden bin – oder wenn man stirbt…“

Kathinka löste ihr die Hände vom Gesicht und wollte sprechen, aber dann gewahrte sie das kindliche Gesicht der Schwägerin, das von Tränen benetzt war, und die kleine verunzierte Gestalt, und still ging sie zurück an ihren Platz, während die kleine Frau zu weinen fortfuhr.

Am Abend ging Kathinka nach dem Friedhof. Sie wollte sich von dem Grabe ihrer Eltern verabschieden. Sie begegnete Thora. Diese hatte einen Kranz nach dem Grabe ihrer Mutter gebracht, denn es war heute deren Geburtstag.

Die beiden Freundinnen standen zusammen vor dem Grab.

„Ja, Thinka,“ sagte Thora, „wenn wir erst alle hier liegen, die Nase in die Luft!“

Sie trennten sich an der Grabstätte von Kathinkas Eltern.

„Man trifft sich stets wieder in dieser Welt,“ sagte Thora.

Kathinka öffnete die Gitterpforte und setzte sich auf die Bank unter der Trauerweide. Sie blickte auf den Leichenstein mit seinen toten Buchstaben und es war ihr, als habe sie jetzt alles auf der Welt – auch das Heim ihrer Kindheit verloren.

Was war aus allem geworden? Grau und elend – alles.

Sie sah Thora vor sich mit ihren unruhigen Augen und hörte die Stimme des Hauptmanns. „Das Porzellan ist gerissen zu Ehren unsers Besuchs“… und sie sah das Gesicht ihrer kleinen Schwägerin, wie sie geweint hatte.

Und hier – – dieser Flecken mit seinem Totenstein und seinen beiden Namen – das war jetzt die ganze Erinnerung an ihre Jugend und an ihre Heimat.

Sie saß lange da und überschaute das Leben, das sie von nun an führen sollte, und es war ihr, als ob es über ihr zusammenschlüge, alles eine einzige unfaßliche, sie umwogende Hoffnungslosigkeit. Sie stieg aus dem

Waggon auf den Perron und ließ sich von Bai küssen und Marie nahm ihr das Handgepäck ab; sie selbst hatte nur einen Gedanken, in die Zimmer zu gelangen – hinein.

Es war ihr, als ob Huus da drinnen sein und auf sie warten müßte.

Und sie ging voran und öffnete die Tür zum Wohnzimmer, das reinlich und zierlich ihrer wartete; sie öffnete die Türen zum Schlafzimmer, zur Küche, wo alles von Sauberkeit glänzte... rein und – leer.

„Aber – mein Gott – wie ist die Frau Inspektor mager geworden," begann Marie, die das Gepäck herbeischleppte.

Und nun ging das Erzählen los, während Kathinka bleich und müde auf einen Stuhl gesunken war – über die ganze Gegend. Über alles, was geschehen und was erzählt worden war. Drüben im Krug hatten sie Sommergäste gehabt und der Pfarrhof war von Fremden bis unter das Dach besetzt gewesen.

Und Huus – war fortgereist... plötzlich und ganz unerwartet...

„Ja, ich dachte es... denn er war am letzten Abend hier bei uns und mir war es gerade so, als ob er allen Dingen hier in den Zimmern Adieu sagte, denn er saß hier drinnen in der Stube ganz allein und auch draußen im Garten... und hier draußen auf der Treppe bei den Tauben."

„ *Wann* reiste er?" fragte Kathinka.

„Jetzt ist es wohl zwei Wochen her."

„Zwei Wochen...?"

Kathinka erhob sich still und ging in den Garten hinaus. Sie durchschritt alle Gänge; zu den Rosen, hinab zum Holunderbaum: *hier* war er gewesen, um ihr Lebewohl zu sagen – auf jedem Flecken, an jeder Stelle... Sie hatte keine Tränen. Sie fühlte das Ganze fast wie eine stille Feier...

Da ertönte ein fröhliches „Hallo!" vom Wege her. Sie hörte Agnes' Stimme in einem großen Chor. Sie fuhr beinahe in die Höhe: hier an diesem Orte wollte sie sie nicht gleich sehen.

Agnes flog mit ihrem Willkommen zu ihr hin wie ein großer Hund und hätte sie fast übergerannt; und die ganze Gesellschaft vom Pfarrhof kam ins Haus. Es wurde ein Tisch unter dem Holunderbaum gedeckt, wo sie alle mit Schokolade bewirtet wurden. Sie blieben bis zum Achtuhrzug.

Der Zug war davongebraust und auch der Besuch war wieder fort – man hörte die Gesellschaft auf dem Wege lärmen –; der Stationsdiener hatte die Milchkannen beiseite gestellt und Kathinka saß allein auf dem Perron.

„Ja," sagte Bai vom Fenster – „von Huus soll ich dich grüßen..."

„Danke."

„Hm, wie die Tage kurz werden... und verteufelt kalter Wind... du tätest am besten, hereinzukommen..."

„Ja – ich komme."

Bai schloß das Fenster.

Der Lärm der Gesellschaft vom Pfarrhof erstarb in der Ferne. Alles war wieder still und öde.

Kathinka blieb vor den schweigsamen und in Dämmerung gehüllten Feldern sitzen. *Hier* sollte sie von nun an leben.

– – –

Ida die Jüngste hatte es ja in allen ihren Briefen während des letzten Monats geschrieben, aber Frau Abel wagte nicht zu hoffen. Ihre Ida war so außerordentlich sanguinisch.

Sie setzte sich, den Brief in der Hand, auf das nasse Schüsseltuch neben den Herd und heulte.

Luise die Älteste hatte einen Spaziergang gemacht, um Champignons in der Umgegend der Doktorswohnung zu suchen. Als sie heimkehrte, saß ihre Mutter noch auf dem Küchenstuhl und wiegte sich hin und her.

„Was hast du nur?" fragte Luise die Älteste; sie fand, daß die Mutter so wunderlich aussähe.

„Ida – meine Jüngste..." begann die Mutter zu heulen.

„Unsinn,“ sagte Luise die Älteste. Die Mutter reichte ihr den Brief mit der Gebärde einer Heldenmutter in der Tragödie.

Luise las den Brief kaltblütig: „Das ist ja gut,“ sagte sie... „für sie.“

„Sie hat ja einen *ganzen* Sommer dazu gehabt.“

Luise die Älteste ging ins Zimmer und hämmerte auf das Klavier los. Dann, wie sie so dasaß, fing auch sie an zu brüllen, den Kopf auf die Tasten gelegt.

„Du willst ihr doch wohl gratulieren,“ sagte sie plötzlich mitten in ihrem Weinen.

„Was sagst du?“

„Ich sage, du willst ihr doch wohl gratulieren,“ erwiderte Luise die Älteste und trocknete die Augen. Sie begann sich in die neugeschaffene Situation zu fügen.

„Ja – mein Kind,“ sagte die Witwe Abel matt.

„Ich kann ja die Depesche hinabbringen... ich gehe auf dem Pfarrhof vor... Und du gehst zur Jensen und zum Müller...“ Luise, die älteste Tochter des Hauses, ordnete den Feldzugsplan. Sie begriff, daß sie wenigstens jetzt *Schwägerin* geworden war, sie war urplötzlich kindlich erfreut und rief: „Es lebe das Postwesen,“ als sie von der Station zurücklief – und schwenkte ihren Sonnenschirm.

Er war nämlich bei der Post angestellt.

Die Witwe Abel lief überglücklich von Fräulein Jensen zur Familie des Müllers und weinte darüber, daß sie nun ihre Taube verlieren sollte:

„Joachim Barner von den adligen Barners,“ sagte Frau Abel. „Er ist beim Postwesen beschäftigt.“

Im Pfarrhause traf die Mutter wieder mit ihrer ältesten Tochter zusammen.

„Ja… ich fühlte doch einen Drang, es unserem Seelsorger selber mitzuteilen.“ Frau Abel brauchte wieder ihr Taschentuch: „In solchen ernsten Augenblicken,“ sagte sie.

Der alte Pastor schlug sich auf den Bauch vor Vergnügen. Der Erdbeerlikör kam auf den Tisch und kleine Kuchen. Frau Linde saß im Sofa mit Frau Abel, um zu erfahren, wie es eigentlich „gekommen“ sei.

Es war in einem Lusthaus… am Strande… „gekommen“.

Der alte Pastor stieß mit Fräulein Luise an.

„Na – na, man weiß, wie es geht, wenn erst der Anfang gemacht ist… dann kommt gewöhnlich Bewegung in die Maschine,“ sagte der alte Pastor.

„Herr Pastor – der Gedanke, daß ich sie dann beide – auch meine letzte Tochter entbehren müßte…“ Frau Abel bekam einen Anfall von schüchterner Zärtlichkeit gegen die Letzte.

Die Letzte tat in Veranlassung des Tages so zärtlich wie ein kleines Füllen.

„Dann kann am Ende doch noch eine ganz gute Frau aus ihr werden,“ meinte Frau Linde, nachdem die Witwe Abel mit ihrer Tochter wieder gegangen war, und setzte die Kuchenteller zusammen. „Es ist doch ein guter Boden in ihnen, Linde…“

„Gott weiß, was Agnes dazu sagen wird…“

Agnes befand sich mit einigen jungen Leuten im Walde.

„Na – Gott sei Lob und Dank!“ sagte sie bei der Heimkehr, als sie die große Begebenheit erfuhr.

„Daß Gott erbarm, sie erdrücken ja den kleinen Mann,“ sagte Agnes, die an der Perronpforte stand und nach der Familie Abel schaute, die ihren Schwiegersohn abgeholt hatte.

Der kleine Mann flog zwischen den Gliedern der Familie Abel so hilflos hin und her wie eine Kaffeebohne in der Mühle.

„Nun," sagte Agnes, „ihm sieht man es an, daß er Wasser im Kopf hat."

Sie schlang den Arm um Kathinkas Taille und sie gingen in den Garten hinein.

„Ja," sagte sie, indem sie die Pforte schloß, „jetzt sind sie glücklich."

Sie setzten sich unter den Holunderbaum. Plötzlich sagte Agnes: „Jetzt reise ich... in der nächsten Woche. Ich habe es daheim gesagt. Dieser Zustand ist ja nicht zum aushalten." Agnes zerriß die auf den Tisch herabgefallenen Blätter in kleine Stücke. „Einmal muß die Sache doch ein Ende haben."

Kathinka starrte in den leeren Raum hinaus. „Glauben Sie, Agnes, daß man von seinem Kummer fortreisen kann?" sagte sie ruhig.

„Man bekommt ja auch *Arbeit* – die Prüfung als Lehrerin... Es bleibt ja nichts andres übrig... Sich hinter eine Glasscheibe in irgend einem Posthause zu setzen, ist doch zu amüsant... und zu etwas Ernstem ist es für mich zu spät."

Kathinka nickte bejahend. „Ja," sagte sie, „das ist es."

„Hm," sagte Agnes, „viele Chancen haben wir Frauen eigentlich nicht. Die ersten fünfundzwanzig Jahre unseres Daseins tanzen wir herum und warten darauf, verheiratet zu werden – und die letzten fünfundzwanzig Jahre sitzen wir still und warten darauf, begraben zu werden..."

Agnes legte die Ellenbogen auf den Tisch und stützte den Kopf in die Hände: „Herrlich!" sagte sie, in die Luft hinausschauend.

Plötzlich hielt sie die Hände vor das Gesicht und brach in Tränen aus.

„Und wie man sich dann sehnen wird!" sagte sie.

Sie weinte lange, das Gesicht in den Händen. Dann ließ sie die Arme auf den Tisch fallen. Sie sah Kathinka an; die schöne Frau saß vornübergebeugt da, die Hände im Schoß; langsam liefen die Tränen an den Wangen herab.

„Wie gut Sie doch sind," sagte Agnes, indem sie sich an sie lehnte... „schöne Frau..."

In der folgenden Woche reiste Agnes Linde. Die Familie Abel war ein wahrer Taubenschlag. Man machte sich durch verliebte S-Laute und kurzes Aufschreien verständlich. „Mich nennt er ›Mütschi‹," sagte Frau Abel. „Ja – was er uns allen für Namen gibt!"

Wenn Besuch da war, hingen die Verlobten müde auf ihren Stühlen, bis eines von ihnen „Nusse-Pusse" sagte, dann verschwanden sie hinter den Türen.

„Das ist nun mal ihre Sprache," sagte Frau Abel. Die Sprache war ja freilich für Fremde etwas schwierig zu verstehen.

Wenn der Besuch sich verabschieden wollte, wurden „Nusse und Pusse" minutenlang gerufen. „Sie sind gewiß im Garten," sagte die Witwe.

Nusse und Pusse waren fast immer im Garten; sie verbargen sich überall, wo das Buschwerk am dichtesten war, und wenn sie dann hervortraten, sahen sie arg zerzaust aus.

Luise und der kleine Mann lebten in fortwährenden kleinen Gefechten mit Handgreiflichkeiten. Der kleine Mann gab ihr oftmals sogenannte Schwagerküsse und kitzelte sie hinter den Türen.

In Gesellschaften waren sie alle schläfrig und jeder saß in einer Ecke. Bei Tisch rief Frau Abel ihren drei Teuren mit süß klingender Stimme: „Nusse", „Pusse" zu.

Wenn sie des abends zu Hause waren, wurde kein Licht angezündet.

„Wir halten Dämmerstunde," sagte die Witwe Abel – „alle zusammen."

Der kleine Mann saß zwischen Ida der Jüngsten und Luise der Ältesten. Fräulein Jensen und Frau Abel ließen mitunter im Halbdunkel ein Wort fallen. Vom Sofa her erklang hin und wieder ein leises Krachen. So saßen sie ganze Stunden lang beisammen.

Wenn Fräulein Jensen in ihr eigenes Zimmer trat, küßte sie ihren Bel-Ami auf die kalte Schnauze.

Mitunter gingen Nusse und Pusse über die Felder hinab nach der Eisenbahn, um den Abendzug ankommen zu sehen. Sie gingen auf dem

Perron auf und nieder und guckten einander in die Augen. Wenn sie umkehrten, küßte der kleine Mann seine Ida aufs Ohr.

Kathinka saß auf der Perronbank mit Huus' blauem Schal um die Schultern; wenn der Zug abgefahren war, hörte sie die Verlobten auf dem Feldwege schäkern.

Kathinka erhob sich und ging hinein. Die Tage wurden immer kürzer, man mußte bereits zum Tee Licht anzünden.

„Die Lampe, Marie," rief sie.

Marie trat ein und stand mit der Lampe am Klavier. Das Licht fiel auf Kathinkas kleines, schmales Gesicht und die weißen, durchsichtigen Hände, die auf den letzten Tasten liegen blieben.

„Rufe Bai zum Tee," sagte Kathinka. Sie stützte sich auf das Klavier, um sich vom Stuhl zu erheben. Sie war stets so müde, als hätte sie Blei in den Beinen.

Sie tranken Tee und Bai griff nach den Zeitungen zu seinem Grog.

Kathinka nahm ein Buch aus der Mappe. Es waren alles diese modernen Bücher: Agnes und Andersen hatten sich stets über sie gezankt. Das Buch lag aufgeschlagen unter der Lampe. Kathinka kam nie weiter als bis zur zwanzigsten Seite; sie fand in dem Roman kein Leben und auch keine wirkliche Dichtung, die die Gedanken fesseln konnte. Sie suchte ihr Poesiebuch hervor; sie hatte „Marianne" mit einem Datum hineingeschrieben. Und wenn sie das Buch wieder fortlegte, blieb sie vor der Schublade stehen, ehe sie es verschloß. Das kleine japanische Teebrett lag in den gelb gewordenen Brautschleier eingepackt.

Sie ging auch hinaus in die Küche. Sie hatte ihren Lieblingsplatz auf dem Haublock in der Ecke.

Marie nähte bei einem Talglicht auf dem Tisch und ließ die Zunge laufen. Sie war eine treue Seele, die alte Liebe nicht vergaß.

Sie schwatzte immer von Huus und wie einsam es jetzt hier sei.

Kathinka saß schweigend in ihrer Ecke. Mitunter zitterte sie, als ob sie friere, und sie drückte die Arme fest auf ihre Brust.

Marie fuhr fort zu plaudern, ihr großes, rundes Gesicht dem einsamen Licht zugewandt.

„Wir müssen wohl zu Bett," sagte Bai, indem er die Tür öffnete.

„Ja – Bai..."

„Gute Nacht – Marie."

Der Herbst kam mit schwermütigen Nebelschleiern über den Feldern. Der Himmel hing niedrig über Tagen, die sich im Halbdunkel von Nacht zu Nacht hinschlichen.

„Sie müssen sich zusammennehmen, liebe Frau Bai," sagte der junge Doktor, „Sie müssen sich ermannen."

„Ja – Herr Doktor..."

„Und *ausgehen*... Sie müssen sich Bewegung machen... Sie haben ja gar keine Kraft mehr."

„Ja – Herr Doktor – ich werde schon gehen."

„Und sonst nichts Neues?" fragte der Doktor, indem er sich erhob. „Haben Sie einen Brief von Fräulein Agnes erhalten?"

„Ja – vor einigen Tagen."

„Es heißt, daß Pastor Andersen sich um eine andere... Stellung bemüht."

„Ich hörte es," erwiderte Kathinka... „Alle reisen von hier fort..."

„O, meine liebe Frau Bai, einige bleiben auch hier."

„Ja – – *wir bleiben hier*, Doktor..."

„Es steht nicht gut mit Ihrer Frau," sagte der Doktor draußen im Bureau, wo er sich seine Zigarre anzündete.

„Nein – verteufelte Geschichte," sagte Bai.

„Es fehlt ihr an Kräften... Na, guten Morgen, Inspektor."

„Ja – zum Teufel... Na, Morgen, Doktor..."

„Du mußt *gehen*, Tik," sagte Bai, wenn er nach Abfahrt des Güterzuges zu ihr hineinkam. „Du tust auch nichts, um dich zu stärken..."

Kathinka ging. Sie schleppte sich über die Felder in Wind und Wetter dahin. Sie ging hinab nach der Filialkirche. Atemlos ruhte sie auf dem großen Stein vor der Kirche. Der Kirchhof lag flach und blumenlos hinter der weißen Mauer, nur die Buchsbaumhecke um die steifen Kreuze mit ihren Namen war grün.

Sie ging wieder heim – über die Wiesen. Der Mittagszug kam und donnerte über die Brücke und schlängelte sich dann wieder fort. Wie ein dunklerer Fleck im Grau des Nebels lag der Rauch eine Weile, bis er sich auflöste. Diesseits des Baches wurde gepflügt; die Erde wurde in langen Furchen hinter dem tiefen Pfluge aufgewühlt.

Kathinka kam nach Hause.

Der Müller war dort gewesen oder der Verwalter von Kjär.

„Schneidiger Kerl – du, dieser Svendsen," sagte Bai zu Kathinka. „Er weiß mit allem Bescheid... Schneidiger Kerl, du."

„Ich kann ja nicht beurteilen, wie er bei seiner Arbeit ist," sagte er zu Kjär.

Kjär brummte etwas in den Bart.

„Aber ein flinker Kerl ist er – ein ›Gleichgesinnter‹, du, alter Kjär..."

Svendsen sammelte obszöne Karten und Bilder in geschlossenen Kuverts. Er brachte sie mit auf die Station und Bai und er besahen sie, während sie ihren Grog tranken. „Gucken wir ein wenig in das ›Archiv‹," sagte Svendsen.

„Meinetwegen gern." Bai war stets dazu bereit. Svendsen bekam die Neuigkeiten aus Hamburg unter Nachnahme zugesandt.

„Verteufelte Schweinerei!" sagte Bai vergnügt. Er sprach stets leise, wenn sie sich mit dem Archiv beschäftigten, obwohl die Tür geschlossen war.

„Verteufelte Schweinerei, alter Svendsen!“ sagte er, indem er die Karten gegen die Lampe hielt.

Sie fuhren fort die Karten zu besehen. Bai rieb sich die Knie vor Vergnügen.

„Aber diese ist hochfein,“ sagte er, „die ist schwierig.“

Svendsen rieb sich die Nase und schnüffelte.

„Der reine Braten,“ sagte er.

Mit den Bildern war man fertig und saß nun noch eine Weile schweigend beim Grog. Bai saß zusammengesunken da. „Ja,“ sagte er, „aber was ist das *Leben*, Svendsen – was ist das Leben, mein Bester – mit einer kranken Frau?“

Svendsen antwortete nicht.

Bai seufzte und streckte die Beine aus...

„Ja, alter Junge,“ sagte er, „ja gewiß, das ist kein Vergnügen.“

Svendsen hatte philosophisch nachdenkend und schweigend dagesessen, jetzt stand er auf: „Nein – man weiß bei Gott nicht, was einem an der Wiege gesungen wird,“ sagte er.

Auch Bai erhob sich und öffnete die Tür zur Wohnstube.

„Was,“ rief er, „du sitzest im Dunkeln, Tik?“

„Ja,“ erwiderte Kathinka, indem sie sich in ihrer Ecke erhob, „ich saß ein wenig im Dunkeln... Wünschest du etwas, Bai?“

„Ich begleite Svendsen ein Stück Weges,“ sagte Bai.

Kathinka trat ins Bureau, um Adieu zu sagen.

„Ihre Frau ist noch immer ein wenig blaß,“ sagte Svendsen, indem er in den Taschen nachfühlte, ob er seine Sammlungen auch eingesteckt habe.

Bai war fertig und man verabschiedete sich.

„Nein, bewahre – Frau Inspektor müssen im Zimmer bleiben – draußen ist es viel zu kühl.“

„Ich begleite Sie nur bis zur Tür,“ sagte sie.

Sie traten auf den Perron hinaus: „Es ist sternenklar,“ sagte Bai.

„Das bedeutet Kälte... Gute Nacht, Frau Inspektor.“

Die Pforte schlug zu.

„Gute Nacht.“

Kathinka stand an die Pforte gelehnt. Die Stimmen der beiden Männer erstarben. Kathinka erhob den Kopf: ja, der Himmel war sternenklar, alle Sterne glänzten...

Als wollte sie ihre Not dem toten Holze klagen, beugte Kathinka sich hinab und schlang die Arme um die feuchten Türpfosten. Lindes kamen jetzt sehr oft des Abends. Die beiden Alten entbehrten Agnes gar sehr.

Und Pastor Andersen wollte auch fort.

„Er will ja fort von hier,“ sagte der alte Pastor, „und nun kann man riskieren, daß man statt seiner einen Pietisten bekommt, der die Worte der Bibel stets auf seinen Lippen führt.“

Pastor Andersen hatte ein Pfarramt an der Westküste erhalten.

Frau Linde weinte verstohlen.

„Ach, mein Gott – ich habe es ja gesehen,“ sagte sie. „Ich habe es ja sehr gut gesehen. Aber sie wissen nicht, was sie wollen, liebe Frau Bai, sie wissen nicht, was sie wollen, mein Kind.“

„Das ist die Jugend – eine andere Jugend heute, liebe Frau Bai... Sie stellten sich so lange die Frage, ob sie wirklich lieben – bis jedes seiner Wege geht – und dann sind sie unglücklich... fürs ganze Leben. – – Als Linde um mich freite, mein Kind, da zählte ich an meinen Knöpfen ab, – und wir haben jetzt Böses und Gutes *dreißig* Jahre lang miteinander getragen... Aber wenn wir beiden Alten einmal unsere Augen schließen, dann ist Agnes eine alte Jungfer.“

Die Herren kamen herein. Der alte Pastor wollte seinen Whist spielen.

Wenn der alte Pastor da war, fühlte sich Kathinka am meisten aufgelegt; es war ihr, als ob mit ihm eine ungewohnte Ruhe ins Haus zöge.

Wenn er so dasaß am Spieltisch mit dem freundlichen alten Gesicht, das Käppchen auf dem Kopf und einen Zweipfennigwhist fein und durchdacht spielte: „sehen Sie wohl, mein Freund," sagte er, wenn er die Stiche einzog.

Die beiden Alten stritten sich.

„Es ist, wie ich dir sage, Linde..."

„Wenn du mir nur glauben wolltest, mein Kind," erwiderte er und breitete die Stiche vor ihr aus. „An Ihnen ist die Reihe, liebe Frau Bai."

Kathinka war zusammengesunken, unbeweglich saß sie da und blickte die beiden Alten an.

„Eine Carreaudame... da sehen Sie."

Der letzte Robber wurde mit einem Blinden gespielt. Kathinka ging hin und her und ordnete den Tisch. Man aß immer besser und besser bei Inspektors. Bai hatte so viele Leibgerichte, die Kathinka ihm bereitete.

An manchen Tagen war Kathinka von Morgens früh in der Küche und briet und kochte nach den Vorschriften ihres Kochbuchs. Schwere Kunststücke vollführte sie, die viele Arbeit erforderten.

Müde setzte Kathinka sich auf den Haublock und hustete.

„Aber Frau Bai, Sie arbeiten sich noch die Schwindsucht an den Hals – nur damit die fremden Leute sich den Mund voll stopfen können – das wird noch das Ende vom Liede sein," sagte Marie.

„Willst du Genever haben?" fragte Kathinka.

„Wenn du welchen hast" – – – wenn Bai nickte, sah man, daß er ein Doppelkinn bekommen hatte. Er wurde überhaupt korpulent.

„So, nun ist alles fertig," rief Kathinka.

„Danke, mein Kind," sagte Bai.

Es war in der letzten Zeit etwas Sultanartiges über Bai gekommen. Das kam vielleicht von seiner Korpulenz.

„Danke, mein Kind, wir spielen jetzt ab.“

Kathinka setzte sich auf einen Stuhl am Tisch und wartete. Der alte Pastor ließ den Blick von Bai über den gedeckten Tisch und dann zu der stillen kleinen Frau hinüberschweifen – Kathinka stützte den Kopf in die Hand, aber plötzlich erhob sie sich, es war etwas für den Tisch vergessen worden... Die Tür schloß sich hinter ihr, und der alte Pastor blickte erst den hell erleuchteten Tisch und dann Bai an, der seine Karten über der koketten Rundung seines Bauches hielt.

„Ja, Inspektor,“ sagte der alte Pastor, „Sie sind ein glücklicher Mann in Ihrem Haus.“

Später saßen sie bei Milchpunsch und Kuchen. „Das sind gute Ehemänner, die gern Süßes essen,“ sagte Frau Linde. Bai wollte noch mehr Vanillekringel aus dem Blechkasten haben.

Und sie saßen um den hell beleuchteten Tisch und knabberten weiter.

„Wollen Sie nicht ein wenig spielen?“ sagte Frau Linde.

„Oder uns ein Lied – eins von Agnes' Liedern singen?“ sagte der alte Pastor.

Kathinka ging ans Klavier und sang gedämpft mit ihrer schwachen Stimme das Lied von Marianna.

Der alte Pastor hörte mit gefalteten Händen zu und Frau Linde ließ das Strickzeug sinken.

„Unter des Grabes Rasen schlief
Die arme Marianna,
Kam die Maid und beklagte tief
Die arme Marianna!“

„Danke,“ sagte der alte Pastor. „Vielen Dank,“ sagte Frau Linde. Sie sah nicht recht die Maschen, ehe sie ihre Augen getrocknet hatte.

Kathinka blieb sitzen, den anderen den Rücken zugekehrt. Langsam fielen die Tränen von ihren Wangen auf die Tasten.

„Ja, die Jugend in unserer Zeit hat viele Ideen,“ sagte der alte Pastor. Er blickte vor sich hin und dachte an Agnes.

Man erhob sich um zu gehen und Frau Linde zog sich im Schlafzimmer an. Die beiden Lichter vor dem Spiegel brannten und es war so hell und traulich mit all dem Weißen um das Bett und den Toilettenspiegel. „Ja,“ sagte Frau Linde, „wenn wir Agnes in einem solchen Heim sehen könnten“… Sie schluchzte noch, während sie ihr Hutband knüpfte.

„Ich begleite Sie,“ sagte Bai… „man muß sich ein wenig Bewegung machen…“

„Ja,“ sagte der Pastor, „nach dem Aal in Gelee muß man sich bewegen. Man ißt viel zu gut auf der Station… Mutter hat mir verboten, des Sonnabends den Fuß über diese Schwelle zu setzen.“

„Ich gehe nicht weiter,“ sagte Kathinka, indem sie in der Tür stehen blieb. „Der Doktor will, daß ich mich mit meinem Husten in acht nehme.“

„Ja, gehen Sie nur hinein – der Herbst ist die schlimmste Zeit.“

„Gute Nacht – gute Nacht.“

– Kathinka ging hinein. Sie nahm einen alten Brief von Agnes hervor – zerknittert und zerlesen – und las ihn unter der Lampe.

„… Und dann hatte ich gehofft, daß die erste Zeit die schlimmste sei und daß die Zeit heilen würde. Aber die erste Zeit war gut und nichts gegen die Gegenwart, denn damals fühlte ich einen Schmerz, wo mir noch alles nahe war, aber wenn es auf solche Weise sich verliert, Tag für Tag mehr, gleichsam wie ein Erdrutsch, der langsam fortschreitet, und jeder neue Morgen, der uns weckt, uns nur immer weiter entfernt. Und neues kommt nicht, Kathinka, kein Schatten, nur all das Alte, die Erinnerungen, die wir wieder und wieder aufzupfen, über die wir nachdenken… dann ist es, als sauge ein Vampyr an unserm Herzen…“

Kathinka lehnte sich zurück, den Kopf gegen die kalte Wand. Ihr Gesicht war sehr bleich im Lampenschein. Sie hatte keine Tränen mehr…

Bai kam nach Hause. „Es ist spät geworden," sagte er, „weiß der Teufel, wie die Zeit vergeht... Ich ging noch mit Kjär zusammen in den Krug – er wollte durchaus spendieren, –... ich begegnete ihm... ich war auf dem Heimwege."

„Ist es so spät geworden?" sagte Kathinka nur.

„Ja – es ist über ein Uhr"... Bai begann sich zu entkleiden. „Dies Nachhausebegleiten ist auch eine verteufelte Unsitte," sagte er.

Bai begleitete in der letzten Zeit die Leute stets „nach Hause".

Er ging in den Krug: „Na – so muß man wohl nach Hause und Haus und Feuer hüten," sagte er, indem er sich von den Gästen verabschiedete.

Er hütete das Haus im Kruge bei einem Mädchen, das während des Sommers Puffärmel und ein paar weiche Arme gehabt hatte. Die Uhr wurde eins und es wurde zwei, während er „das Haus hütete".

„Du kannst ja auch zu Bett gehen," sagte er zu Kathinka, „du bleibst viel zu lange in der Kälte auf."

„Ich wußte nicht, daß es so spät sei..."

Das Bett krachte unter Bai, wenn er sich streckte.

Kathinka setzte die Blumen in Reihen auf den Fußboden. Sie hustete, wenn sie sich bückte.

„Verdammte Gicht," sagte Bai, „wie das zwickt."

„Ich kann dir ja deine Arme reiben," sagte Kathinka. Es war zur abendlichen Gewohnheit geworden, daß Kathinka Bai die Arme mit einer Wundersalbe gegen die Gicht einrieb.

„Ach laß jetzt nur," sagte Bai. Er drehte sich ein paarmal im Bett herum und schlief dann ein. Kathinka hörte den Nachtzug. Er lärmte über die Brücke und sauste vorüber.

Kathinka barg ihr Gesicht in den Bettlaken, um Bai nicht mit ihrem Husten zu wecken. Der Winter kam und Weihnachten. Agnes war nach Hause gekommen und am heiligen Abend kam das „Postwesen" zu Abels.

Die kleine Jensen und Bel-Ami waren auf der Station wie im vorigen Jahr. Jetzt wurde Bel-Ami ganz öffentlich getragen.

„Er ist blind geworden," sagte die kleine Jensen. Das Tier war so faul, daß es nicht einmal seine Augen mehr öffnen mochte.

Als der Baum angezündet war, brachte Bai ein verschlossenes Telegramm und legte es auf Kathinkas Tisch.

Das Telegramm war von Huus...

Bai und der kleine Bentzen schlummerten im Bureau. Kathinka und Fräulein Jensen saßen im Zimmer, wo die Lichter des Weihnachtsbaumes niederbrannten. Die kleine Jensen nickte ein und stieß im Schlaf mit dem Kopf gegen das Klavier... Kathinka blickte auf den erlöschenden Baum. Ihre Hand glitt leise hin über Huus' Telegramm, das in ihrem Schoße lag.

Sechstes Kapitel

Der Winter verging, ebenso der Frühling und der Sommer, der über den Feldern lächelte.

„Nichts als Trübsal, alter Freund," sagte Bai zu Kjär, „gestern bin ich in die Dachkammer hinaufgezogen. Ein Mann, der am Tage seine Geschäfte wahrzunehmen hat, muß ja seine Nachtruhe haben."

Kathinkas Husten schallte durch das ganze Haus.

Marie, das treue Mädchen, brachte ihr Wein und Wasser und blieb am Bett ihrer Herrin stehen. Es war, als ob der Husten Kathinkas Brust zersprengen wollte.

„Danke – danke," sagte sie. „Gehe nun hinein und schlafe." Sie atmete schwer.

„Wieviel Uhr ist es?"

„Halb vier..."

„So!“ – Kathinka legte sich ins Bett zurück. „Nicht mehr?“

Marie schlich auf den bloßen Füßen nach ihrem Sofa und bald darauf hörte man ihren tiefen Atem. Der helle Fleck von der Nachtlampe hinter dem Bett zeichnete sich an der Decke ab: Kathinka lag mit geschlossenen Augen in den Kissen.

Des Vormittags war sie auf. Sie saß in Decken gehüllt draußen auf der Perronbank in der Sonne.

Der schlanke Zugführer mit den indiskreten, engen Hosen führte den Mittagszug. Er sprang ab und fragte nach ihrem Befinden.

„Sie sollen sehen,“ sagte er, „die klare Herbstluft...“

„Vielleicht,“ sagte Kathinka und reichte ihm ihre feuchte, matte Hand.

Bai und der Zugführer gingen den Perron entlang.

„Beide Lungen,“ sagte Bai. Er hatte die Gewohnheit angenommen, wenn er von seiner kranken Frau sprach, mit zwei Fingern über seine Augen hinzufahren... „Gottes Wille geschehe,“ sagte er seufzend.

Der Zug setzte sich in Bewegung. Der „Indiskrete“ sprang hinauf; er sah fortwährend zu Kathinka zurück, die dort so still und blaß in der Sonne saß. Es tat ihm wirklich leid – recht leid... Ja, wirklich sehr traurig...

Er hatte sich während des letzten Winters eine Zeitlang allerlei gedacht... sie saß oft auf der Perronbank und schien so sehnend auszuschauen... Heute sah er ein, daß es nur die Krankheit war, die bereits damals im Anzuge gewesen war... Der Zug schaukelte hin über die Wiesen. Der Himmel und die Ebene erglänzten in der klaren Herbstluft.

Die Stare lärmten längs des Telegraphendrahtes und sammelten sich in Schwärmen.

„Jetzt reisen auch sie,“ sagte Kathinka. Sie folgte mit den Augen der davonziehenden Schar unter dem klaren Himmel.

Der Doktor kam und setzte sich zu ihr:

„Nun, wie geht es Ihnen?“

„Ich sitze hier und sammle Kräfte,“ sagte sie – „zu morgen.“

„Zu morgen? – Ja, ganz recht – es ist ja der Geburtstag.“

„Ja.“

„Aber es bleibt bei unserer Verabredung, liebe Frau Inspektor.“

„Ja – sobald sie gegessen haben, gehe ich zu Bett.“

Es war Bais Geburtstag. Kathinka wollte, daß er seine Partie haben sollte. Sie hatte schon lange davon gesprochen: sie wolle bis zu Tisch aufbleiben. Nachher gingen sie ja doch zu Bai hinein und spielten – dann würden sie gar nicht merken, daß sie krank sei…

„Diesen einen Tag wenigstens,“ sagte sie.

„Jetzt sollten Sie hineingehen,“ sagte der Doktor.

„Lassen Sie mich Ihnen helfen…“

„Ich danke – es ist die Treppe,“ sagte sie, „die Treppen werden mir immer so schwer.“

Ihre bleischweren Füße vermochten nicht die drei kleinen Stufen hinaufzukommen.

„Ich danke Ihnen, Doktor… aber mein Schal…“

Der Doktor nahm den blauen Schal von der Bank: „Ihr Lieblingsstück,“ sagte er.

Kathinka drehte sich in der Tür um und sah über die Felder hinaus: „In dieser Zeit ist es hier schön,“ sagte sie.

Des Nachmittags wurden ihr alle Sachen zu dem Salat auf dem Zimmertisch aufgetragen. Sie schnitt rote Beten und Kartoffeln in kleine Stücke auf einem kleinen Brett.

Fräulein Jensen kam zum Besuch. Kathinka nickte mit dem Kopfe.

„Ja – das kann ich doch noch,“ sagte sie.

„Gibt es etwas Neues?“ fragte sie, indem sie sich zurücklehnte. Ihre Hände waren so müde und es tat ihrer Brust weh, wenn sie die Arme hoch hielt.

„Ich habe Abels lange nicht gesehen…“

„Sie hoffen ja auf Barners Anstellung,“ erwiderte die kleine Jensen.

„Ja – er sucht ja…“

Die kleine Jensen bekam eine Tasse Kaffee. „Gib mir das Öl, Marie,“ sagte Kathinka.

Sie bekam eine Batterie von Flaschen und großen Schalen. „Wie schwer die ist,“ sagte sie. Sie konnte kaum die große Essigflasche emporheben. Sie rührte in den Schüsseln und kostete.

„Nein,“ sagte sie plötzlich, indem sie die Schüssel von sich schob, „nein, ich habe keinen Geschmack mehr.“

Sie saß müde mit geschlossenen Augen da. Rote Flecken hatten sich über ihre Wangen verbreitet.

„Aber ich könnte ja helfen,“ sagte die kleine Jensen.

„Ach, Marie kann es… ich muß zu Bett.“

Aber während des ganzen Nachmittags mußte Marie alles hin und her tragen, so daß sie es sehen konnte, während sie im Bett lag. Sie richtete sich im Bett auf, während es in ihrer Brust brannte: „Ja,“ sagte sie, „Bai ist es so gewöhnt.“

Marie mußte das feine Porzellan, die Gläser und die feinsten Messer und Gabeln in das Schlafzimmer bringen, sie putzen und reiben und auf dem Tisch ausbreiten. Kathinka lag da und zählte und rechnete, während ihre Augen im Fieber glänzten. „Daß auch alles da ist,“ sagte sie.

Sie lag etwas matt da und scheuerte ihr trockenes, fieberhaft brennendes Gesicht gegen das Kissen. „Die Löffel zum Grog, Marie,“ sagte sie dann, „wir haben die Löffel zum Grog vergessen.“

„Wir können sie wohl auf Huus' Teebrett legen," sagte Marie, die die Löffel auf dem kleinen japanischen Präsentierteller hereinbrachte.

„Nein – nicht auf das..." Kathinka richtete sich halb im Bett auf. „Gib mir das Teebrett," sagte sie. Sie nahm es und hielt ihre brennenden Handflächen auf den kühlen Lack. Still blieb sie mit Huus' Teebrett in den Händen liegen.

Bai kam herein und sah all das Porzellan und die Gläser, die geputzt und blank auf dem Tisch standen.

„Dummheiten, mein Kind," sagte er, „Dummheiten – ich habe es ja gesagt... du liegst nun da und wirst immer elender... Tik"... Er ergriff ihre Hand: „Ja – wie heiß du bist..."

„Ach, das ist nichts," sagte Kathinka, indem sie still ihre Hand aus der seinigen losmachte: „Wenn nur nichts fehlt."

Bai begann zu zählen.

„Kompott soll doch wohl auf den Tisch?" sagte er.

„Ja."

„Na ja, da ist nicht eine einzige Schale."

„Dann sind sie vergessen."

„Ja, wenn man nicht selbst dabei sein kann, Bai," sagte Kathinka, indem sie in die Kissen zurücksank. Die Gesellschaft bestand aus den „alten Saufkumpanen", wie Bai sie nannte. Er verstand unter dieser Bezeichnung – die Gleichgesinnten. Die Gleichgesinnten waren drei Gutsbesitzer, Kjär an der Spitze, und Bai als vierter Mann.

Svendsen schloß sich als außerordentliches Mitglied an.

„Er ist das belebende Element," sagte Bai zu Kathinka. Kathinka hatte nie gehört, daß Herr Svendsen belebend sei. Wenn sie anwesend war, pflegte er seine Nägel zu putzen oder an seinem Schnurrbart zu kauen.

„Bring ihn mit, Kjär," hatte Bai gesagt, „er ist so gut als fünfter Mann zu gebrauchen!"

– – Kathinka öffnete selbst die Tür zum Bureau. „Es ist angerichtet, Bai," sagte sie.

Die Herren traten ein; Kathinka war völlig angekleidet mit einer hohen Fraise am Halse, die bis zu dem kleinen mageren Gesicht hinaufreichte.

Kjär führte sie zu Tisch.

Sie sprachen von ihrer Krankheit: O – sie solle nur sehen – der Winter sei die beste Zeit... die stille, klare Kälte – das gäbe Kräfte.

„Ja – die stille, klare Kälte."

„Wir wollen ein Glas darauf trinken," sagte Bai. Es wurde getrunken. „Es wird ausgetrunken," sagte Bai.

Die Gleichgesinnten hatten beim Essen die Servietten mit einer Nadel um den Hals befestigt. Sie berochen jedes Gericht, bevor sie es genossen.

„Öl!" sagte der Gutsbesitzer Mortensen, indem er schnüffelte.

Auf Kathinkas Teller lagen einige kleine Bissen. Sie saß ganz aufrecht, denn die Schmerzen in ihrer Brust waren unerträglich. Die Gabel zitterte in ihrer Hand, wenn sie zu essen versuchte.

„Nimm es fort, Marie," sagte sie.

Der Entenbraten wurde aufgetragen und Kjär toastete auf Bai: Bei ihm wisse man, wo „das Herz und der vierte Mann" säße. „Ein Hoch auf ihn!"

Es wurde lebhafter und man trank einander zu. Man sprach über Zentrifugen und über einen neuen Viehtarif.

„Du Alter – auf ein gutes Jahr!"

Bai trank wieder.

Kathinkas Wangen brannten und sie sah die Gesichter wie durch einen grauen Schleier. Sie drückte sich fest gegen die Stuhllehne und sah zu Bai hinüber, der zu essen fortfuhr.

„Das schmilzt auf der Zunge – schmilzt auf der Zunge," versicherte Kjär, indem er Kathinkas Glas mit altem Burgunder füllte.

„Danke – danke!“

Gutsbesitzer Mortensen wollte sich erlauben, ein Glas zu leeren... Er erhob sich, indem er die Serviette vom Halse löste: Er wolle kurz und gut dieses Glas leeren...

Wenn Gutsbesitzer Mortensen sein Glas leerte, war er religiös... Im fünften Satz sprach er unabweislich von „denen, die vorausgegangen waren“ und die von ihrem Himmel herabschauten...

Bei Gutsbesitzer Mortensen schaute immer etwas von seinem Himmel herab. Die Gleichgesinnten saßen da, ließen die Köpfe hängen und blickten verlegen auf ihre Teller.

Kathinka hörte kaum, was gesprochen wurde. Sie hielt sich mit den Händen am Stuhlsitz fest und wurde bald blaß, bald rot.

Als Herr Mortensen ausgeredet hatte, konnte er noch ein Stück Entenbraten verzehren.

„Beste Frau Inspektor – Ihre Enten – das ist ein Braten.“

Kathinka hörte die Stimme nur undeutlich und stützte sich auf den Tisch, als sie sich erheben wollte.

Die Herren gingen ins Nebenzimmer, Kathinka sank auf ihren Stuhl zurück. Bai öffnete die Tür und trat wieder ein:

„Es ging ja prächtig – Tik – brillant... und du hieltest dich ja sehr tapfer...“

Kathinka richtete sich auf und lächelte: „Ja“ – erwiderte sie, „jetzt sollt Ihr Euren Grog haben...“

Bai ging wieder zu seinen Genossen. Kathinka blieb vor dem Tisch mit den Flaschen und den halbgeleerten Gläsern sitzen.

Drinnen im Bureau lachte und schmatzte man so laut durcheinander – man hörte Kjärs Stimme deutlich hindurch.

„Marie, bringe die Lampe dort hinein,“ sagte Kathinka. Das laute Gelächter drang jedesmal, wenn Marie die Tür öffnete, bis zu ihr.

„Aber, Frau Inspektor, Sie sollten zu Bett gehen," sagte Marie.

„Das eilt nicht..."

„Der Freßsäcke wegen," erwiderte Marie und knallte ärgerlich die Küchentür zu, so daß Kathinka zusammenfuhr.

Es blieb nur ein einziges Licht auf dem Eßtisch zurück... der große unaufgeräumte Tisch sah im Halbdunkel trübselig aus.

Kathinka war so müde; sie mußte sich in eine Ecke setzen, um Kräfte zu sammeln. Marie ging fortwährend ärgerlich von der Küche nach dem Bureau und knallte mit den Türen... Wie heiter sie drinnen waren... das mußte Svendsen sein, der jetzt sang...

Kathinka lauschte von ihrer Ecke aus dem Klange der Stimme und blickte Marie nach, die mit Gläsern und Flaschen durch die erleuchteten Türen ging...

So würde es auch sein, wenn sie einst heimgegangen und vergessen war.

„Marie!" rief sie.

Sie versuchte sich zu erheben und zu gehen, aber sie griff nach der Wand und vermochte es nicht. Marie führte sie stützend ins Schlafzimmer: „Das hat man von dem Komödiespielen," sagte Marie.

Kathinka bekam einen langen Hustenanfall, während sie auf der Kante ihres Bettes saß.

„Schließe die Tür," sagte sie.

Der Husten ließ nicht nach: „Und Bentzen soll jetzt essen," sagte sie.

„Na, er wird wohl früh genug was bekommen," sagte Marie. Sie entkleidete Kathinka und schimpfte und fluchte dabei.

Svendsen sang wieder in dem Zimmer mit heiserer Stimme.

> „O, mein Charles, du Haft mir nicht geschrieben,
> Wo du, mein Schatz, geblieben."

Dann klirrten die Glaser: „Still," rief Kjär... „still – ihr Prasser!"

Kathinka war in einen leisen Schlummer gefallen, aber sie erwachte, als Bai eintrat.

„Das Fest hätten wir hinter uns," sagte er überlaut infolge des reichlich genossenen Grogs.

„Sind sie fort?" fragte Kathinka. „Wieviel Uhr ist es?"

„Schon halb drei... es wird immer spät, wenn man so beisammen sitzt..."

Er setzte sich an das Bett und plauderte über dies und das.

„Verteufelte Geschichten, die dieser Svendsen erzählen kann – verteufelte Geschichten..." Er wiederholte einige und schlug sich vor Lachen auf die Schenkel.

Kathinka war fieberheiß.

„Aber Lügen sind es doch nur," sagte Bai schließlich.

Er bekam dann einen Anfall von Rührung, als er gute Nacht sagte, und erzählte in der Tür noch eine letzte Geschichte von Mortensens Meierin.

„Ja, ja, du bedarfst der Ruhe," sagte er.

„Gute Nacht!"

„Gute Nacht!"

Am nächsten Tage wurde es mit Kathinka schlimmer. Der Doktor kam einige Male des Tages.

„Verteufelte Geschichte," sagte Bai. „Und sie hielt sich am Geburtstag so außerordentlich tapfer, Doktor."

„Ja – aber jetzt hält sie sich nicht tapfer, Herr Bai," erwiderte der Doktor.

Es durfte niemand zu Kathinka hineingehen. Sie sollte absolute Ruhe haben.

Madame Madsen vom Kruge kannte die Geschichte... Man müsse sie doch wohl etwas erheitern, meinte sie, damit sie nicht daläge und sich die Augen im Dunkeln riebe.

Madame Madsen trat ans Bett.

Die Rouleaux waren herabgelassen und es war dunkel im Zimmer.

„Wer ist da?“ fragte Kathinka aus den Kissen heraus.

„Ich bin es,“ erwiderte Madame Madsen, „die Krugwirtin.“

„Guten Tag,“ sagte Kathinka und reichte ihr die fieberheiße Hand.

„Na – so schlecht steht es mit Ihnen?“ sagte Madame Madsen.

„Ja,“ Kathinka drehte den Kopf ein wenig auf dem Kissen herum, „es geht mir gar nicht gut.“

„Nein... das sehe ich,“ sagte Madame Madsen ärgerlich, indem sie sich niederließ und Kathinkas mageres Gesicht im Dunkeln anstarrte. „Und das kommt von dem Geburtstag her. Das war wohl etwas zuviel... ja, es war zuviel,“ wiederholte Madame Madsen immer in demselben ärgerlichen Ton.

Es wallte immer mehr in ihr auf, während sie so in dem melancholischen Dunkel vor dem armen, blassen Gesicht in den Kissen saß. „Ja, das kann man wohl mit Fug und Recht sagen,“ begann sie von neuem, „er hat es auch wohl verdient.“

Und heftig, wie sie war, erzählte sie Bais ganzes Geheimnis: von ihrem Schenkmädchen und wie lange das Verhältnis gedauert hätte. „Aber mit heiler Haut kam die Gusta auch nicht davon,“ berichtete sie.

Anfangs hatte Kathinka nichts verstanden... ihr war so wirr und so matt. Aber dann urplötzlich begriff sie alles – sie schlug die Augen einen Augenblick auf und blickte in Madame Madsens Gesicht.

„Und für solch einen Menschen arbeitet ein anderer sich zu Tode,“ sagte Madame Madsen.

Sie schwieg und erwartete, Kathinka werde etwas erwidern.

Aber Kathinka lag unbeweglich. Einige Tränen liefen ihr über die Wangen herab.

„Ja, ja,“ sagte Madame Madsen in einem anderen Tone, „ein anderer wäre auch wohl nicht viel klüger.“

Madame Madsen hatte die Kranke verlassen.

„Marie," sagte Kathinka, „zieh die Rouleaux auf – – damit es hier hell wird."

Marie tat, wie ihr befohlen, so daß das Tageslicht auf das Bett fiel.

„Weshalb meinen Sie, Frau Inspektor?" fragte Marie.

Kathinka lag mit dem Gesicht dem Lichte zugekehrt.

„Ist es die Brust?" fragte Marie.

„Nein – nein," sagte Kathinka, „mir geht es gut," aber sie fuhr fort zu weinen, lautlos und glücklich.

Das Weinen ließ nach und sie lag in derselben Stellung da, matt in einem unbeschreiblichen Frieden. Die letzten Sonnenscheintage des Herbstes kamen. Während der hellen Vormittage lag Kathinka drinnen in ihrem Zimmer mit der vollen Sonne auf ihrem Bett. Sie erdichtete so viele glückliche Träume, während ihre Hände leise über die sonnenbeschienene Bettdecke hin und her glitten.

„Frau Inspektor sehen so wohl aus," sagte Marie.

„Ja, es geht mir auch ganz gut," sie nickte, ohne die Augen zu öffnen, und lag wieder still da, in der Sonne.

„Morgen will ich wieder aufstehen," sagte sie.

„Das können Sie ja, Frau Bai..."

Kathinka wandte sich dem Fenster zu: „Es ist, als ob es Sommer wäre," sagte sie; – „wenn ich doch morgen hinaus ins Freie kommen könnte"... sie fuhr fort davon zu reden... "hinab in die Laube – nach dem Holunderbaum – hat der Baum noch Blätter? – und die Rosen – und der Kirschbaum... Im vorigen Jahr standen sie in Blüte... ein förmlicher Blumenflor."

„Alle Bekannten bekamen Kirschen zum Einmachen – während Frau Bai verreist waren," sagte Marie.

„Der weiße Flor..."

Kathinka fuhr fort von dem Garten zu sprechen. Jeden Augenblick sagte sie: „Glaubst du, Marie, daß der Doktor mir Erlaubnis gibt – daß ich Erlaubnis bekomme?“

„Vielleicht – wenn die Sonne scheint.“

Der Doktor kam nicht und am Nachmittag mußte Marie ins Dorf hinabgehen, um zu fragen.

Es wurde dunkel, bevor Marie zurückkam. Kathinka lag ohne Licht da. Sie schellte mit der kleinen Glocke, die neben ihrem Bett stand.

„Ist sie noch nicht gekommen?“ fragte sie.

„Sie muß doch den weiten Weg gehen,“ sagte Bai.

„Wie lange das dauert,“ erwiderte Kathinka. Das Fieber brannte auf ihren Wangen. – Sie lag und lauschte auf jede Tür, die sich bewegte.

„Eben wurde die Küchentür geöffnet,“ sagte sie.

Es war ein Mann mit Besen.

„Sie kommt gar nicht,“ sagte Kathinka.

„Du machst dich wieder krank durch deine Unruhe,“ sagte Bai.

Sie lag wieder still und schellte und sprach nicht mehr. Dann hörte sie Marie die Bureautür öffnen und blieb mit klopfendem Herzen unter der Decke liegen, ohne zu fragen.

„Was sagte er?“ fragte Bai drinnen im Bureau.

„Ja – eine halbe Stunde während der Mittagszeit,“ erwiderte Marie – „wenn die Sonne scheint. – Schläft Frau Inspektor?“

„Ich glaube...“

Marie schlich hinein. Kathinka blieb eine Weile unbeweglich liegen, dann fragte sie: „Bist du es, Marie?“

„Ja... Sie könnten morgen gern aufstehen und in der Sonne sitzen,“ erwiderte sie, „um die Mittagszeit...“

Kathinka antwortete nicht sofort. Dann ergriff sie Maries Hand:

„Ich danke dir," sagte sie. „Du bist so gut, Marie."

„Wie Ihre Hand brennt..."

In der Nacht hatte Kathinka Fieber, sie lag mit glänzenden Augen da und ohne zu schlafen. Aber erst gegen Morgen weckte sie Marie.

„Marie, sieh nach dem Wetter," sagte sie.

Marie sah von der Wohnstube aus dem Fenster: „Es wird klares Wetter," sagte sie.

„Sieh aus der Küchentür," rief Kathinka vom Bett, „von dort kommen stets die Wolken."

Auch von der Küchentür sah man klaren Himmel.

„Ich kann ganz gut selbst – ich kann selbst," sagte Kathinka. Sie hielt sich an den Wänden im Gange, der nach der Perrontür führte.

„Wie warm es ist," sagte sie.

Nun kommt die Treppe... so, das ging...

Es wurde ihr schwer, auf dem Kies zu gehen, sie legte den Arm auf Mariens Schulter: „Der Kopf ist einem ja so schwer," sagte sie.

Sie blieb bei jedem Schritt stehen und schaute über die Felder und über den Wald hinaus. Es war, als ob die Sonne über jedes einzelne bunte Blatt Licht verbreitete.

Kathinka wollte nach der Perrontür. Sie blieb einige Augenblicke stehen, indem sie sich anlehnte.

„Wie schön unser kleiner Wald ist," sagte sie.

Kathinka schaute weit hin über den sonnenbeschienenen Weg. „Dort hinten steht der Meilenstein," sagte sie. Sie wandte den Kopf und schaute über die Felder und die Wiesen und zu dem klaren Himmel empor: „Ja," sagte sie mit ganz leiser Stimme, „hier ist es so schön..." Marie trocknete sich die Augen, wenn ihre Herrin es nicht sah...

„Aber wie die Blätter fallen," sagte Kathinka. Sie wandte sich um und ging ein paar Schritte allein.

Endlich kamen sie in den Garten.

Kathinka sprach nicht mehr. Sie gelangten um den Rosenplatz nach der Laube hinab.

„Der Holunderbaum!“ sagte sie nur. – „Hier muß ich sitzen,“ sagte sie. Marie legte Decken um sie, und in sich versunken sah sie schweigend hinaus über den sonnenbeleuchteten Garten.

Die Blätter der Kirschbäume lagen gelb auf der Rasenbank; einige kleine Rosen blühten noch.

Marie wollte sie pflücken.

„Nein,“ sagte Kathinka, „das wäre schade – laß sie nur sitzen.“

Sie saßen wieder eine Weile still. Ihre Lippen bewegten sich, als flüstere sie.

„Hier saß Huus am liebsten,“ sagte Marie, die neben der Bank stand.

Kathinka zuckte zusammen. Dann sagte sie, indem sie still lächelte: „Ja – hier saß er gern.“

Sie gingen wieder zurück.

Als sie an die Pforte kamen, stand Kathinka einen Augenblick still. Sie blickte noch einmal zurück, in den Garten: „Wer nun wohl da drinnen gehen wird?“ sagte sie.

Sie war so müde und stützte sich schwer auf Marie und drinnen im Gange hielt sie sich an den Wänden.

„Mache die Hintertür auf,“ sagte sie, „damit ich den Wald sehen kann.“

Nach vieler Mühe kam sie auch dorthin und stand einen Augenblick an den Türrahmen gelehnt und schaute über den Wald und den Weg hinaus.

„Marie,“ sagte sie, „ich will auch die Tauben sehen…“

Kathinka verließ das Bett nicht mehr. Die Kräfte schwanden immer mehr. Die Witwe Abel brachte Weingelee.

„Um die *Zunge* zu erquicken," sagte sie, indem sie Kathinka fortwährend mit tränenerfüllten Augen anschaute. – „Und wie *allein* Sie hier liegen," sagte sie.

Frau Abel wollte ihre älteste Tochter Luise schicken.

„Sie ist eine Diakonissin," sagte sie, „meine Älteste… eine wahre Diakonissin…"

Luise kam des Vormittags und ging auf den Zehen umher und trug eine weiße Schürze. Kathinka lag, als ob sie schliefe… Luise deckte den Frühstückstisch und trichterte den Kaffee… Und die Tür zum Schlafzimmer war nur halb geschlossen, während sie aßen. – – –

Bai war sehr dankbar. Die Witwe Abel trocknete die Augen: „ *Freunde* erkennt man nur im Unglück," sagte sie.

Frau Linde kam des Nachmittags und saß am Bett und strickte. Sie erzählte Neues und Altes von der ganzen Gegend, von sich und ihrem Linde.

Der alte Linde holte seine Frau in der Abenddämmerung ab und die beiden Alten saßen eine Zeitlang in der Dämmerung an Kathinkas Bett.

Agnes war ihr Anfang und Agnes war ihr Ende.

„Linde *kann* nun einmal nicht ohne Agnes leben," sagte Frau Linde; sie selbst weinte in allen Ecken vom Morgen bis zum Abend.

„Ja – ja, mein Kind, sie ist nun mal mein Augenstern," sagte der alte Pastor.

„Sie werden sehen, sie kommt eines Tages," sagte Kathinka.

„Als alte Jungfer," erwiderte Frau Linde. Ihre Stricknadeln rasselten.

Das mit der alten Jungfer konnte Frau Linde nun einmal nicht vergessen.

Die beiden Alten saßen da und schwatzten, und der alte Pastor bekam ein Gläschen Johannisbeerwein, ehe er heimging.

„Das tat gut," sagte er, „und steigt nicht zu Kopf."

Endlich gingen die beiden Alten auf dem herbstlich dunklen Wege heim. Bai war viel aus.

„Ein kleiner L'hombre – das erheitert," sagte Kjär, „dessen bedarfst du bei Gott, alter Freund."

„Ja, alter Kjär," erwiderte Bai, indem er sich mit der Hand über die Augen fuhr. „Einmal im Laufe der Woche," sagte er. „Ich danke dir, ich danke dir für deine Freundschaft." Er schlug Kjär auf die Schulter und war gerührt. Bai war in der letzten Zeit sehr leicht gerührt.

Er ging aus und spielte bis spät in die Nacht hinein L'hombre.

Wenn er heimkehrte, weckte er Kathinka, weil er „nicht zu Bett gehen könne, ohne zu sehen, wie sie sich befinde."

„Ich danke – ganz gut," sagte Kathinka. „Hast du dich amüsiert?"

„Wie man sich amüsieren kann," erwiderte Bai – „wenn du hier krank liegst." Er saß eine Zeitlang am Bett und seufzte, bis er Kathinka ganz wach gemacht hatte.

„Gute Nacht," sagte er dann.

„Schlafe wohl, Bai."

Wenn Marie während des Tages im Hause und in der Küche beschäftigt war, standen die Türen zum Bureau offen. Kathinka liebte das und hörte das Prickeln des Telegraphen.

„Wie der Telegraph geschäftig ist," sagte sie. – „Was er wohl alles erzählt?... Bai," rief sie, „das ist ja für hier."

Bai fluchte laut im Bureau... „Ja – bei meiner Seel'„ – er kam bis an die Tür – „es ist an Lindes."

„An Lindes?" – Kathinka setzte sich aufrecht im Bett hin. – „Es ist wohl von Agnes?" fragte sie.

Bai erwiderte nichts, er war ganz wild; er lief mit dem Blaustift umher und wollte seinen Rock haben. Er schrieb die Depesche in Hemdärmeln, schrieb verkehrt und zerriß das Geschriebene wieder.

„Bai," fragte Kathinka, „Bai – ist es von Agnes?"

„Ja, bei meiner Seel' –"

Er stürzte selbst mit der Depesche davon, gerade als der Nachmittagszug kommen sollte...

Eine solche Freude hatte Bai niemals gesehen. Die beiden Alten lachten und weinten.

„Ach Gott – ist es denn wahr? Ach Gott, ist es denn wahr?"

„Ja, liebe Mutter – ja – ja .." Der alte Pastor bemühte sich ruhig zu erscheinen.

Er suchte seine alte Lebensgefährtin zu beschwichtigen, indem er ihr die Wangen streichelte, aber dann faltete er die Hände. „Nein," sagte er, „das ist zuviel..." Er weinte selbst und trocknete die Tränen mit seinem Sammetkäppchen. – – „Ja – ja," sagte er, „Gott sei Dank, sage ich – Gott sei Dank."

Der alte Pastor wollte Kathinka die Neuigkeit selber bringen und er entfernte, sich, um Rock, Hut und Handschuhe zu holen, und ließ das Geholte wieder liegen und ergriff Bais beide Hände: „Ja – die Freude – Inspektor," sagte er, „für uns beide Alte, die hier verlassen sitzen – das zu erleben... das zu erleben, Inspektor... Hm – ja – jeder hat nun einmal seine Art und Weise – Andersen mußte erst lernen, sie zu entbehren – sie zu entbehren," sagte der alte Pastor.

Er lief hin und her und kam nicht von der Stelle.

Frau Linde kam mit Erdbeerlikör, ehe sie gingen.

Unterwegs pfiff der alte Pastor den „tapfern Landsoldaten" vor sich hin.

Er saß drinnen an Kathinkas Bett: „Ja," sagte er, „Gott führt doch die Rechten zusammen."

Eine Woche später kam Agnes heim.

Sie stürzte über den Perron durch das Bureau hinein. Von der Bureautür aus sah sie Kathinka, die mit geschlossenen Augen in ihren Kissen lag, Agnes würde sie nicht wieder erkannt haben.

Kathinka schlug die Augen auf und sah Agnes.

„Ja," sagte sie, „ich bin es."

Agnes trat näher und ergriff Kathinkas Hände. Sie kniete vor ihrem Bett. „Schöne Frau," sagte Agnes und kämpfte mit sich, um nicht zu weinen.

Sie kam jeden Nachmittag und saß bis zum Abend bei Kathinka.

Sie sprachen nicht viel. Kathinka schlummerte und Agnes ließ ihr Nähzeug in den Schoß sinken und blickte mitleidsvoll auf das Gesicht in den Kissen. Der schwache Atem pfiff in Kathinkas Brust.

Kathinka bewegte sich und Agnes nahm wieder das Nähzeug auf und führte die Nadel hin und her.

Kathinka lag wach. Sie war so matt und vermochte nicht zu sprechen. Der Husten kam und schüttelte sie; sie fuhr im Bett empor, es war, als ob ihre Brust springen müsse.

Agnes stützte sie. Sie war naß von kaltem Schweiß.

„Danke," sagte sie, „danke!"

Sie fiel wieder zurück und lag ganz still. Unter dem Bettumhang hervor blickte sie auf Agnes' Gesicht, das so rund und stark war, und auf die Hände, die die Nadel so geschäftig führten.

„Agnes," sagte sie, „möchten Sie nicht ein wenig spielen?"

„Sie sollten schlafen," erwiderte Agnes.

„O nein, spielen Sie ein wenig."

Agnes erhob sich und ging ins andere Zimmer ans Klavier. Sie spielte gedämpft eine Melodie nach der andern.

Kathinka lag still mit den Händen auf der Decke.

„Agnes," sagte sie dann, „singen Sie das Lied... nicht wahr, Sie tun es?"

Es war der Gesang von Sorrent. Agnes sang mit ihrer tiefen Altstimme:

Wo die dunkle Pinie zur Mittagszeit
Dem Garten des Winzers Schatten verleiht;
Wo am blauen Golf der Orangenhain
Balsamisch duftet im Abendschein;
Wo am Strand die Boote sich schaukeln und schwingen,
Wo die Stadt sich füllt mit Jauchzen und Klingen.
Wenn zum Tanzplatz eilen die Mädchen und singen
Der Madonna Lied, die das Heil verhieß; –
Ach niemals vergeß' ich, wohin ich gehe,
Die Täler und Höhen, die hier ich sehe,
Die Sternennächte voll Himmelsnähe,
Neapel, dein irdisches Paradies.

Sie blieb noch am Klavier sitzen. Dann erhob sie sich und ging ins Schlafzimmer.

Kathinka lag ganz still da.

„Ja," sagte sie dann ganz leise, „wie schön das Leben doch sein könnte!"

Agnes kniete am Bett. Sie lagen still da, alle beide im Dunkeln. Kathinkas Hand glitt über Agnes Haar hin.

„Agnes," sagte sie, „an meinem Grabe – soll keine Rede gehalten werden..."

„Aber Kathinka!"

„Nur ein Gebet," sagte sie.

Sie schwieg wieder. Agnes weinte leise. Kathinka fuhr fort, kleine Locken aus Agnes' Haar zwischen ihren Fingern zu drehen.

„Aber da ist –" sie sprach ganz leise, gleichsam furchtsam, die Hand fiel von Agnes' Haar herab, „ein Gesang – – – den – den ich gerne... an meinem Grabe gesungen haben möchte..." Sie flüsterte fast unhörbar. Agnes lag da, den Kopf tief in den Kissen.

„Das Hochzeitslied," sagte Kathinka ganz leise wie ein Kind, das nicht bitten darf. Schluchzen erschütterte Agnes und sie nahm Kathinkas Hände und küßte sie, während sie schluchzte.

„Aber Kathinka – Kathinka..."

Kathinka umfaßte ihren Kopf und beugte sich ein wenig vornüber. „Jetzt werdet Ihr beide ja glücklich," sagte sie.

Sie lag schweigend da. Agnes weinte immerfort.

Am nächsten Tage reichte der alte Pastor Kathinka das Abendmahl. Bai befand sich in Geschäften in der nächsten Stadt. Agnes wurde in der Nacht von einem angstbebenden Mädchen, mit einem Talglicht in der Hand, geweckt: „Es ist ein Bote da – Fräulein – von der Station... das Fräulein möchte doch kommen."

„Ein Bote?"... Agnes war im nächsten Augenblick aus dem Bett. „Wer ist da?" rief sie in den Gang hinaus.

„Ich," erwiderte der kleine Bentzen.

Agnes kam in einige Schals gehüllt heraus.

„Sie stirbt, Fräulein," rief der kleine Bentzen.

Er stand blaß und zähneklappernd vor ihr... Der kleine Bentzen hatte noch nie jemand sterben sehen.

„Ist nach dem Doktor geschickt worden?" fragte Agnes. „Die Laterne, Anna."

„Es war niemand da, der hingehen konnte."

Agnes zündete schnell die Laterne an und ging über den Hof. Sie klopfte an die Kammer der Knechte, so daß es im Hof widerhallte... „Lars! – Lars!"

Die Pferde begannen im Stalle zu stampfen.

Lars kam heraus – schlaftrunken – an die Halbtür in den Lichtschein.

Agnes ging über den Hof zurück nach dem Korridor... der kleine Bentzen stand auf den Treppenstufen und graulte sich im Dunkeln zu stehen.

„Sie fahren mit," sagte Agnes, indem sie vorbeiging.

Einige Mädchen kamen erschreckt auf den Gang hinaus. „Kocht schnell Kaffee," rief Agnes, „beeilt Euch!"

Sie ging in ihr Zimmer, um sich anzukleiden, während der kleine Bentzen allein im Korridor blieb. Die Türen standen durch das ganze Haus offen und knarrten im Dunkeln. Die Mädchen rumorten herum halb angekleidet, schlaftrunken, jedes mit einem Talglicht... Sie vergaßen einen Leuchter auf dem Tisch, das Licht flackerte im Zuge.

Draußen im Hof kam der Knecht mit der Stallaterne. Er stellte sie auf das Steinpflaster und ging wieder – es entstand ein heller Kreis um die Laterne im Dunkeln.

Die Stallpforte wurde aufgeschlagen und Lars kam mit den Pferden heraus... Jeder Laut erklang stark und erschreckend in die Nacht hinaus.

Agnes kam aus dem Hause und ging an Bentzen im Korridor vorüber.

„Jetzt gehe ich hinab," sagte sie. – „Hat sie Krämpfe?"

„Sie schrie," erwiderte Bentzen.

Agnes sah in den Hof hinaus: „Beeilt Euch," rief sie. Der Knecht lief mit der Laterne über den Hofraum.

Es wurden einige flammende Lichter an das Küchenfenster gestellt, so daß der Schein auf Pferde und Wagen fiel.

Die alte Frau Linde kam in das Speisezimmer im Schlafrock des alten Pastors: „Bleibe im Bett, Mutter," rief Agnes.

„Ach, Herr mein Gott! O, Herr mein Gott!" sagte Frau Linde. „So plötzlich ist es also gekommen... so plötzlich ist es gekommen..." Und sie begann wie die anderen mit ihrem Licht in der Hand umherzugehen.

Der Knecht schlug die Pforte auf – alle fuhren zusammen bei dem Lärm – und Lars zeigte sich in der Küchentür und bekam eine Tasse Kaffee.

Der kleine Bentzen trat hinaus und stieg auf den Kutscherbock… Er sah das Gesicht der Pastorin – sie saß weinend im Zimmer vor dem hin und her flackernden Licht und neigte sich hin und her…

Sie fuhren sofort hinab auf den Weg – in das Dunkel hinein – im Trab, so daß die Weidenbüsche am Grabenrande wie tanzende Gespenster vorüberhuschten.

Lars hielt die Zügel.

„Die Biester sind scheu, wenn man zu Sterbenden fährt," sagte er.

Sie sprachen nicht mehr. Das Licht der Wagenlaterne zitterte über die unruhigen Weidenbüsche hin. Bai ging im Vorzimmer auf und nieder – auf und nieder an den Wänden entlang.

„Sind Sie es – sind Sie es?" fragte er. „O, wie sie schreit!"

Agnes öffnete die Tür zum Bureau. Sie hörte Kathinka stöhnen und die Stimme der Wärterin: „Ja – ja – ja – ja."

Marie kam herein: „Der Doktor," sagte sie.

„Der Wagen ist hier, um ihn zu holen," sagte Agnes.

Sie gingen hinein.

Die Wärterin hielt Kathinkas Arme über den Kopf. Zuckungen erschütterten Kathinkas Körper unter der Decke.

„Halten Sie sie," sagte die Krankenwärterin.

Agnes umfaßte Kathinkas Handgelenk, ließ es aber wieder los – sie fühlte den kalten Schweiß.

Die Sterbende schlug mit den von Krämpfen gekrümmten Armen in die Bettgardinen.

„Halten Sie sie doch," sagte die Wärterin.

Agnes umfaßte wieder die Arme: „Die Zunge – die Zunge," sagte sie.

„Einen Löffel – die Zunge!"

Kathinka fiel zurück. Es trat blauweißer Schaum über die geöffneten Lippen durch die zusammengebissenen Zähne. Marie ließ den Löffel fallen und fand ihn nicht wieder auf dem Boden; sie suchte nach einem anderen mit dem Licht.

„Den Kopf," sagte die Wärterin, „den Kopf!"... Marie hielt ihn, am ganzen Körper zitternd.

„Ach Jesus – ach mein lieber Heiland," jammerte sie fortwährend... „Ach Jesus... o mein lieber Heiland!"... Agnes drückte Kathinkas Arme nieder: „Den Kopf zurück," rief die Wärterin...

Sie beugte sich über die Sterbende und preßte ihr den Löffel zwischen die Zähne... Es floß Schaum über den Löffel heraus: „Gut," flüsterte die Wärterin, „gut."

Kathinka schlug die Augen auf und richtete sie auf Agnes, – weit geöffnet und angsterfüllt.

„Kathinka – Kathinka – kennen Sie mich?"

Kathinka starrte sie nur mit demselben Blick an.

„Kathinka..."

Die Sterbende stöhnte und sank zurück. Der Löffel entfiel ihrem Munde.

„Sie bekommt Ruhe," sagte die Wärterin.

Kathinkas Augen fielen zu. Agnes ließ ihre Arme los.

Sie setzten sich zu beiden Seiten des Bettes und lauschten auf ihren Atem, der unregelmäßig und ganz schwach ging.

„Sie bekommt Ruhe," sagte die Wärterin.

Die Sterbende schlummerte und stöhnte hin und wieder.

Draußen hörte man den Wagen. Die Tür wurde aufgeschlagen und man hörte die Stimme des Doktors.

Agnes erhob sich und tuschte.

„Sie schläft," sagte sie.

Der Doktor ging hinein und beugte sich über das Bett: „Ja," sagte er, „es ist bald vorbei."

„Leidet sie?" fragte Agnes.

„Man weiß es nicht," erwiderte der Doktor. – „Jetzt schläft sie."

Der Doktor und Agnes setzten sich in die Wohnstube. Drinnen im Bureau hörten sie Bai auf und nieder gehen.

Agnes erhob sich und ging hinein.

„Was sagt er?" fragte Bai. Er fuhr fort auf und nieder zu gehen.

Agnes antwortete nicht; sie saß schweigend in ihrem Stuhl.

„Ich hätte es ja nicht geglaubt," sagte Bai – „ich hätte es ja nicht geglaubt, Fräulein Agnes."

Er schritt auf und nieder von der Tür zum Fenster – und blieb wieder vor Agnes' Stuhl stehen und sprach in die Luft hinein.

„Das hätte ich ja nicht geglaubt, Fräulein Agnes."

Der Doktor öffnete die Tür: „Kommen Sie," sagte er.

Der Krampf hatte wieder begonnen. Bai sollte der Kranken den einen Arm halten.

Aber er ließ ihn wieder los.

„Ich kann nicht," sagte er und entfernte sich, die Hände vor dem Gesicht. Sie hörten ihn im Bureau schluchzen.

„Trocknen Sie die Stirn," sagte der Doktor.

Agnes trocknete den Schweiß von Kathinkas Stirn.

„Danke," sagte Kathinka, indem sie die Augen aufschlug: „Ist das Agnes?"

„Ja, Kathinka – ich bin es..."

„Danke."

Sie fiel wieder zurück.

Gegen Morgen erwachte sie. Sie saßen alle an ihrem Bett.

Ihre Augen waren gebrochen.

„Bai," sagte sie.

„Ja."

„Bitte sie, daß sie spielt."

„Spielen Sie," sagte der Doktor.

Agnes ging hinein. Ihre Tränen liefen über die Tasten und ihre Hände, während sie spielte, ohne ihre eigenen Töne zu hören.

Kathinka lag still da. Die Brust hob und senkte sich pfeifend.

„Weshalb spielt sie nicht!" sagte sie wieder. „Spielen Sie doch."

„Sie spielt ja, Tik..."

„Sie hört es nicht mehr..."

Die Sterbende schüttelte den Kopf: „Ich höre nichts," sagte sie.

„Den Gesang," flüsterte sie, „den Gesang." Sie lag wieder eine Weile still. Der Doktor saß, ihren Puls in der Hand, da und beobachtete ihr Gesicht.

Dann richtete sie sich auf und riß ihre Hand los:

„Bai!" schrie sie, „Bai!"

Agnes erhob sich und eilte hinein. Sie umstanden alle ihr Bett.

Bai kniete nieder und schluchzte.

Sie erschraken alle: Es war der Telegraph, der durch die Zimmer schellte und den Zug meldete...

Kathinka schlug die Augen auf. „Seht, seht," sagte sie und erhob den Kopf.

„Seht die Sonne," – sagte sie, „seht die Sonne über den Bergen."

Sie erhob die Arme. Sie fielen wieder zurück und glitten herab.

Der Doktor beugte sich, schnell über das Bett.

Agnes kniete neben Marie am Fußende, den Kopf gegen das Bett gelehnt. Man hörte nur ein lautes Schluchzen.

Der Doktor hob die herabhängenden Arme empor und faltete die Hände über der Brust der Toten.

Hm – Sie haben wohl noch nicht ausgeschlafen, Bentzen." Der Indiskrete sprang vom Zug.

„Wie geht es drinnen?"

„Sie ist tot," sagte der kleine Bentzen. Er sprach, als ob ihn friere.

„Was? Zum Teufel auch..."

Der Indiskrete stand einen Augenblick still und sah nach dem kleinen Stationsgebäude hinüber; alles lag wie gewöhnlich da.

Dann drehte er sich um und bestieg schweigend den Zug.

Die winterlichen Nebel, die über den Feldern lagen, hüllten den Zug in ihre Schleier.

Siebentes Kapitel

Es war der erste Wintertag. Hoher Himmel und dünner Schnee auf der leicht gefrorenen Erde.

Vor der Kirche begannen die Männer sich zu versammeln, feierlich, mit hohen Zylindern aus mancherlei Jahrgängen. Sie flüsterten in kleinen Gruppen. Einer nach dem anderen gingen sie hin und guckten in das leere Grab dicht hinter der Kirchenmauer.

Drinnen in der Kirche gingen vier, fünf Frauen lautlos um den Sarg und befühlten die Kränze. Der Küster und die kleine Jensen legten die Gesänge auf die Plätze.

Sie waren fertig. „Und Numero 733 aus dem Gesangbuch am Grabe," sagte die kleine Jensen.

Die kleine Jensen war eine Art Leichenbitter bei dieser Gelegenheit. Sie hatte sofort die Sorge für den Leichnam übernommen, im Hause wie auch in der Kirche. „Das Institut“ hatte Herbstferien seit dem Todesfall.

Fräulein Jensen sah sich in der Kirche um und trat mit dem Küster an den Sarg: die Girlanden hingen in regelrechten Bogen vom Chor herab und die Altarleuchter waren mit Trauerflor umwunden.

„Reizender Sarg für diese Jahreszeit!“ sagte der Küster.

Sie besahen die Kränze.

„Man bindet hübsche Kränze auf der Mühle,“ sagte die kleine Jensen.

„Mit Unterschied,“ sagte der Küster, indem er die Schulter in die Höhe zog und einen Kranz von Abels betrachtete.

„Ja,“ sagte Fräulein Jensen, „da ist kein Interesse.“

Fräulein Jensen entfernte sich ein wenig und beschaute prüfend den Sarg: „Ja,“ sagte sie, „ich freue mich, daß wir Eichenholz nahmen.“

„Das ist – wenn ich so sagen darf – auch viel proprer für die Leiche,“ erwiderte der Küster.

Die Glocken begannen zu läuten und Fräulein Jensen trat hinaus auf den Kirchhof. Sie begrüßte die Eltern ihrer Schüler und hielt Volkszählung ab.

Bai kam durch die Pforte in Begleitung zweier Herren, die Fußsäcke in der Hand trugen; alle Hüte wurden gelüftet. Die kleine Jensen drückte Bai in der Vorhalle die Hand.

Als alle in den Kirchenstühlen Platz genommen hatten, langte die Familie Abel an. Die Witwe schritt voran, sie sah aus, als habe sie sich sehr beeilt. Die beiden Küken waren in Kreppschleier gehüllt wie zwei Witwen.

Luise die Älteste legte einen Efeukranz auf den Sarg.

Agnes saß neben dem alten Pastor. Sie hörte den Gesang nicht und las die Lieder auch nicht nach; sie starrte nur mit betauten Augen auf den Sarg der schönen Frau.

Der Gesang erstarb. Der alte Pastor erhob sich und trat vor.

Als Bai ihn *dort* vor dem Sarge mit gefalteten Händen stehen sah, brach er in Tränen aus und schluchzte.

Der alte Pastor wartete still, die Augen auf den Sarg gerichtet. Die Stimme ertönte nur halblaut, als er sprach. Die Wintersonne fiel durch die Chorfenster auf den Sarg und die Blumen.

Der alte Pastor sprach von den Stillen im Lande.

„Still war sie – still in ihrem Leben; still wollte sie zur letzten Ruhe gebracht werden. Gott der Herr, der die Menschen kennt, gab ihr ein Leben in Glück bei einem guten Manne; Gott gab ihr einen Tod im Frieden seines heiligen Geistes. Er empfange ihre Seele, er, der allein Herz und Nieren kennt; er schenke seinen Trost, den einzigen Trost – dem, der jetzt trauert."

„Amen!"

Der alte Linde schwieg, es war ganz still.

Alle erhoben sich in den Kirchenstühlen und sahen dem Sarge nach, der unter Gesang hinausgetragen wurde.

> Ein besser Teil kein Erdenlos gewann,
> Als wenn zwei Herzen für einander schlagen,
> Denn doppelt froh macht alle Freude dann
> Und halb so schwer läßt aller Schmerz sich tragen.
> Ja, herrlich ist zu preisen,
> :,: Wenn zwei zusammen reisen, :,:
> Und wenn den Weg will weisen
> :,: Die Liebe. :,:

Agnes sah noch immer dem Sarge nach.

Die Türen waren weit aufgeschlagen, so daß der helle Tag hereinströmte.

Sie kamen hin zum Grabe. Die Leichenträger mußten mit dem Sarge über Berg und Tal. Das Seil entschlüpfte den Händen des Totengräbers.

Alle standen da und warteten, bis man des Seiles wieder habhaft wurde und es um den Sarg geschlungen hatte. Bai umklammerte einen Busch, als wollte er ihn zerknicken.

Agnes hatte die Augen geschlossen.

Wie traurig, wenn der Tod geschieden hat
Zwei Herzen, die für's Leben sich gefunden,
Doch sicherlich, in Gottes Stadt
Sind Lieb und Treu zu ew'gem Glück verbunden.
Wie herrlich auch zu leben,
:,: Vereint in gleichem Streben, :,:
Zum Himmel kann nur heben
:,: Die Liebe. :,:

„Na – na – na, Schwager," sagten die beiden Pelzfußsäcke, die Bai stützten, der schluchzend zwischen ihnen stand.

Der Gesang erstarb wieder. Es war still, kein Laut war vernehmbar; kein Wind fuhr über die entblößten Häupter.

Schwer fiel der Sand aus den zitternden Händen des alten Linde in die Gruft.

„Vater unser, der du bist im Himmel..."

Es war vorbei... Die beiden Herren mit den Fußsäcken drückten die Hände und dankten für „die große Teilnahme".

Frau Abel hielt sie an der Kirchhofspforte zurück. Sie habe ihren kleinen Tisch zum Mittag für Bai und seine Schwäger bereitet... in aller Einfachheit – damit sie nicht so allein wären. Frau Abel trocknete ihre Augen: „Man weiß, was es heißt, jemand zu verlieren," sagte sie.

Das Trauergefolge hatte sich zerstreut.

Agnes stand allein am Grabe. Sie blickte hinab auf den Sarg und die mit Sand bestreuten Kränze... Und auf den Weg, wo alle Leute heimgingen, wieder ins Leben hinein.

Da ging Bai zwischen den beiden in Trauer gekleideten Damen – den langen Schleiern – und den beiden Herren mit den Fußsäcken... es waren Kathinkas Brüder... die im Namen der Familie den Leidtragenden gedankt hatten. Die kleine Jensen sollte nach gehabter Anstrengung auf der Mühle speisen... Fräulein Helene stöhnte in ihren engen Stiefeln...

Dann gingen sie.

Und beeilten sich.

Agnes senkte das Haupt, sie empfand einen heftigen Widerwillen gegen dies kleinliche Leben, das ruhig weiterflutete – heimwärts auf allen Wegen. Hinter ihr ertönten Schritte. Es war der kleine Bentzen mit einer großen Schachtel.

„Da ist ein Kranz, Fräulein," sagte er, „ich wollte ihn lieber selbst bringen. Er kam mit dem Mittagszuge."

Der kleine Bentzen nahm den Kranz aus der Schachtel.

„Er ist von Huus," sagte er.

„Von Huus," sagte Agnes. Sie nahm den Kranz und sah auf die halbverwelkten Rosen: „Wie schön er gewesen ist!"

„Ja," sagte Bentzen, „schön ist er gewesen."

Sie standen eine Weile schweigend nebeneinander. Dann kniete Agnes halb nieder und ließ den Kranz vorsichtig auf den Sarg hinabgleiten. Die Blätter der Rosen zerstreuten sich im Fallen.

Als Agnes sich umdrehte, stand der kleine Bentzen da und weinte.

Ein Mann trat auf sie zu.

„Wenn das Fräulein – – Es soll geschlossen werden."

„Ja – wir kommen."

„Der Küster gibt mir wohl Erlaubnis, hier sein zu dürfen," sagte Agnes.

Agnes und Bentzen gingen still auf dem Wege dahin. Der Mann stand bereits an der Pforte und wartete.

Die Hände in den Taschen ihres Mantels blieb Agnes stehen und blickte den Mann an, der die Pforte schloß und das Vorlegeschloß vorlegte.

Der kleine Bentzen schluchzte noch immer, als er sich empfahl.

... Agnes blieb lange vor der geschlossenen Pforte stehen.

Bai war viel bei Abels. Frau Abel konnte den Gedanken nicht ertragen, daß er so allein – auf der Station in den öden Zimmern sitze... „Wenn man selbst bei einer traulichen Lampe sitzt," sagte Frau Abel.

Sie und ihre älteste Tochter Luise holten ihn oft nach dem Achtuhrzug ab: „Nur nach Hause zur Lampe," sagte Frau Abel.

Luise die Älteste war auf der Station ganz wie daheim. Sie mußte den Blumen noch schnell Wasser geben, ehe sie ging.

Frau Abel sah zu.

„Das waren die Lieblinge – der Teuren," sagte sie mild.

Die Teure war Kathinka.

„Aber die Ampel," sagte Luise, „sie durstet auch." Sie nickte der Ampel zu.

Bai mußte den Stuhl halten, wenn Fräulein Luise den Pflanzen in der Ampel Wasser gab. Sie stand auf den Zehen, die Gießkanne in der Hand und zeigte ihre Schönheit.

„Sie vergißt nichts," sagte Frau Abel. Die Ampel bekam zuviel Wasser, so daß es auf den Boden tropfte.

„Marie, Sie trocknen wohl auf," rief Luise die Älteste mit scharfer Stimme in die Küche hinaus. Sie stand stets eine Weile in der Tür zur Speisekammer und hielt „Überschau". Luise hatte so schnelle Finger, wenn ein süßer Rest auf einem Teller hingestellt war.

Sie gingen nach Hause zur Lampe.

Luise die Älteste schenkte den Tee und trug dabei eine weiße Schürze.

Ida die Jüngste mußte immer mehrmals gerufen werden.

„Sie schreibt,“ sagte die Witwe, – „in ihrer Ecke.“

Ida die Jüngste schrieb stets in einem mehr als sonderbaren Negligé.

„Ida, du hast ja deine Manschetten vergessen,“ sagte die Witwe.

„So?“ erwiderte sie erstaunt.

Ida war im ganzen genommen sehr derangiert.

„Er ist ja nicht hier,“ sagte die Witwe.

Nach Tisch bekam Bai seinen Grog zur Zeitung. Fräulein Luise stickte und die Witwe saß und blickte beide zärtlich an.

„Ganz wie zu Hause sollen Sie sich hier fühlen, das ist es ja, was wir wollen.“

Wenn Bai mit der Zeitung fertig war, spielte Luise die Älteste und sie schloß mit einem von Kathinkas kleinen Liedern.

„Das spielte sie, die Teure,“ sagte die Witwe und blickte auf das Bild: Kathinkas Bild hing mit einem Immortellenkranz umgeben unter dem Spiegel über dem Sofa.

„Ja,“ sagte Bai. Er saß da mit gefalteten Händen. Wenn Bai vor der Lampe saß und seinen Grog getrunken hatte, überkam ihn stets eine milde Rührung über seinen „Verlust“.

Die Witwe Abel verstand ihn.

„Aber man besitzt die verklärende Erinnerung,“ sagte sie, „und hofft auf das Wiedersehen.“

„Ja,“ bestätigte Bai, indem er mit zwei Fingern über die Augen fuhr.

Sie sprachen von der „teuren Verstorbenen“, während Bai sein zweites Glas trank.

Die kleine Jensen saß im Dunkeln an ihrem Fenster, um zu hören, wann Bai ging.

Die kleine Jensen war in der letzten Zeit viel im Pfarrhof.

„Bei Abels wollen sie offenbar nicht gestört sein,“ sagte die kleine Jensen.

Fräulein Jensen war während der ersten Wochen nach dem Todesfall sehr oft nach der Station gekommen.

„Eine Frau hilft, wo sie kann," sagte sie auf der Mühle.

„Ja," sagte die Frau des Müllers.

Fräulein Helene streckte die Beine von sich und starrte auf ihre Filzpantoffeln.

„Und die liebe Kathinka" – Fräulein Jensen nannte sie Kathinka nach ihrem Tode – „hat ihn verwöhnt."

Die kleine Jensen übernahm eine Art Oberaufsicht auf der Station.

„Was nützt wohl ein Mädchen?" sagte sie.

Sie kam nach der Schulzeit mit ihrem Spankorb und Bel-Ami. Bel-Ami hatte einen eigenen Korb am Ofen.

Sie ging lautlos umher und bereitete Bais Leibgerichte.

Wenn der Tisch fertig war, hatte sie ihren Mantel schon wieder angezogen. Bai bat sie, doch zu bleiben und ein Stück Butterbrot mit ihm zu essen.

„Ja – wenn Sie es lieber sehen, wenn ich bleibe," sagte Fräulein Jensen. „Es ist doch immerhin ein lebendes Wesen," fügte sie bescheiden hinzu.

Bel-Ami kam wieder auf seinen Platz und sie aßen.

Die kleine Jensen drängte sich nicht mit Unterhaltung auf. Sie saß da wie die stille Teilnahme, während Bai sich die Leibgerichte schmecken ließ. Er fing an seinen alten Appetit wieder zu bekommen.

Nach Tisch spielten sie eine einsilbige Partie Pikett.

Um zehn Uhr ging Fräulein Jensen.

„Ich war am Grabe," sagte sie, „mit einer Blume –"

Fräulein Jensen pflegte das Grab.

Sie hörte Bel-Ami heulen, wenn sie auf dem Wege heimging. Sie nahm ihn nicht auf.

Fräulein Jensen ging in tiefe Gedanken versunken. Sie dachte daran, ihre Schule zu verkaufen. Sie hätte sich immer besser für einen Platz geeignet, wo eine Dame mit Bildung die Stelle der Hausfrau vertrat. Aber während der letzten zwei, drei Monate kam Fräulein Jensen nicht mehr so oft auf die Station.

Sie legte keinen Wert darauf, zu den Zudringlichen gezählt zu werden.

Frau Abel begriff sie ganz einfach nicht. Des Abends saß sie am Fenster, um zu hören, ob sie ihn überhaupt nach Hause ließen.

„Das Grab pflege ich," sagte sie auf der Mühle.

„Verteufelte Frauenzimmer, wie sie ihn umschwärmen"... Kjär fächelte im Bureau mit seinem Hut, als wollte er Fliegen verjagen... Fräulein Luise war in der Tür an ihm vorbeigehuscht. „Zum Teufel auch, wie sie ihn umschwärmen!"

Kjär mußte nach der Hauptstadt reisen und wollte Bai mitnehmen.

„Hast es wirklich großnötig, – alter Junge – hast es großnötig!"

„Mußt mal andere Luft atmen!"

„Alter Junggesell..."

„Hinaus auf die Kegelbahn," sagte er.

Bai konnte sich jedoch nicht dazu entschließen... „Du – so kurz nach –"

„Du mußt aber mal andere Luft einatmen, wirklich, das wird dir guttun!"

Acht Tage später reisten sie.

Frau Abel und Fräulein Luise packten den Koffer.

Bai streckte sich auf dem Sitze aus und spannte seine Armmuskeln, als sie davonfuhren.

„Auf der Reise?" fragte der Indiskrete, den sie auf einer Station kreuzten.

„Ein Junggesellenausflug... zwei fröhliche junge Hähne..." Der Indiskrete lachte und schnalzte mit der Zunge, daß es knallte.

Bai sagte: „Ja – wir wollen in die Hauptstadt und sehen, wie die Weiber dort schwänzeln…“ Er schlug Kjär auf beide Knie und sagte wieder: „Schwänzeln – du, Alter…“

Sie fuhren davon und winkten dem Indiskreten zu. „Viel Vergnügen!“ rief er ihnen nach.

Sie wurden plötzlich sehr heiter, brauchten Kraftworte und schlugen sich gegenseitig auf die Knie vor Vergnügen.

„So geht es wieder seinen alten Gang,“ sagte Bai.

„Wozu sind wir Menschen auch da?“ erwiderte Kjär.

„Adam – du Alter,“ entgegnete Bai.

Sie lachten und schäkerten. Kjär war außerordentlich lustig.

„Jetzt kennt man dich wieder,“ sagte er, „du alter Lampenputzer… jetzt kennt man dich.“

Bai wurde plötzlich ernst.

„Ja – alter Freund, es sind traurige Zeiten gewesen.“

Er seufzte zweimal und lehnte sich ein wenig in den Sitz zurück.

Dann sagte er wieder in fröhlichem Tone: „Du, wir holen Nielsen ab.“

„Was für einen Nielsen?“ fragte Kjär.

„Ein kleiner flotter Leutnant – du, der kennt…“

„Man kennt ja nicht alle neuen Orte, Alter… Sah ihn im Pfarrhaus… ein höllischer Kerl… der kennt… Ach so, – du willst auf den Bummel –“

Sie begannen zu gähnen und wurden stiller. Bald schliefen beide ein und schliefen bis Fredericia.

Dort tranken sie tüchtig Kognak – gegen die „Nachtkälte“.

Bai ging auf den Perron hinaus. Die Wagen wurden rangiert und es war ein Geläute und ein Signalisieren, so daß man fast sein eigenes Wort nicht hören konnte.

Bai stand unter einer Laterne mitten im Gewimmel und ließ sich stoßen: „Du, Alter," sagte er zu Kjär und rieb sich die Hände, während er über den Perron und die Bahn hinausschaute, „was sagst du dazu?"

„Das nenn' ich Leben," sagte Kjär.

Damen stiegen auf den Wagentritten aus und ein, gerötet vom Schlaf unter ihren Reisekapuzen.

„Und diese Weiber!" sagte Bai.

Es wurde gerufen und geläutet. „Die Passagiere nach Strib!" – „Die Passagiere für die Fähre!"

Mit dem Halbelfzug kamen beide in der Hauptstadt an. Sie fanden den pensionierten Leutnant Nielsen im vierten Stockwerk in einer Vorstadtstraße. Das Meublement bestand aus einem Kleiderschrank mit einer hängenden Tür, die eine einsame Uniformweste blicken ließ, und einem Rohrstuhl mit einem Waschbecken.

Der Leutnant lag auf einer Heumatratze.

„Befinde mich auf Feldfuß," sagte er, „man hat ja seine Kajüten ›anderswo‹, Inspektor."

Bai sagte, daß sie „die Stadt besehen" wollten. „Solche Orte," sagte er... „Sie verstehen mich wohl."

Leutnant Nielsen verstand ihn sofort.

„Sie wollen den Markt sehen," sagte er. „Verlassen Sie sich auf mich – ich will Ihnen den Markt zeigen."

Er fuhr in die Hosen und fing an nach einer Madame Madsen zu schreien. Madame Madsen steckte mit nacktem Arm ein Stück Seife durch die Tür.

„Man lebt in der Familie," sagte der Leutnant. Er schäumte Madame Madsens Seife an den Armen in die Höhe.

Sie verabredeten einen Ort, wo sie sich treffen wollten, um die Tanzbeine des Kasinotheaters zu sehen.

„Und dann besuchen wir den Markt,“ sagte Bai.

Der Leutnant pumpte Madame Madsen um zehn Pfennige an und fuhr dann sofort hinaus nach der „Kneipe“.

Die Kneipe war ein kleiner, netter Biergarten in einer Vorstadt, wo die Mitglieder der „Bande“ auf der Kegelbahn und bei Kartenspiel verkehrten.

Die Bande bestand aus drei Leutnants und zwei flachshaarigen Herren von der landwirtschaftlichen Schule.

Als Nielsen kam, waren die Herren bereits beim L'hombre; sie saßen in Hemdärmeln und hatten die Hüte im Nacken.

„Na – Zwillinge,“ sagte Nielsen, „geht's flott her?“

„So so, la la!“ meinte einer der Leutnants.

„Ich hab' ein Paar ›Spendierer‹ aufgeschnüffelt,“ sagte Nielsen.

„Spendierer! – Zum Kuckuck auch, – Nielsen!“ Die Flachshaarigen schoben die Hüte tief in den Nacken.

„Ein Paar ältere ›Spendierer‹, Zwillinge.“

Die Zwillinge klopften zu Ehren des genialen Finders mit den Bierflaschen auf den Tisch.

Am Abend fanden sie sich in einem Tingeltangel, „der Sarg“ genannt, ein; vorher hatte Nielsen mit Kjär und Bai die Tanzbeine besichtigt.

Nielsen holte ein Paar rotwangige Mädchen heran, die schwedischen Punsch mit ihnen tranken und die beiden „älteren Herren aus der Provinz“ kokett auf die Finger schlugen.

Bai frischte alte Zärtlichkeitsausdrücke aus seinen Leutnantstagen auf.

Die beiden Flachshaarigen konnten nichts vertragen. Sie saßen lallend da und sagten:

„Ihr alten Schweinsborsten!“ und klopften Kjär und Bai auf die Schultern.

Sie tranken gemeinsam weiter.

Bai wurde zärtlich von dem vielen Trinken.

Wie es zugegangen war, wußte Bai nicht, aber plötzlich waren die Leutnants mit den rotwangigen Mädchen verschwunden...

„Sie sind fortgeflogen," sagte Kjär.

„Die beiden Herren sitzen so allein hier." Eine ältere kleine Jüdin kam an ihren Tisch heran. Acht Tage waren vergangen.

Kjär hatte des Vormittags Geschäfte, Bai schlief den größten Teil des Tages. Kjär kam nach Hause und trat ins Zimmer.

„Was, schläfst du noch?" sagte er.

„Ja – man ist weiß Gott nicht aufgelegt," sagte Bai und rieb sich die Augen auf dem Sofa.

„Wie viel Uhr ist es?"

„Zwei."

„Dann müssen wir fort." Bai erhob sich vom Sofa. „Verdammtes Plättbrett," sagte er. Er fühlte Schmerzen in allen Gliedern.

Er kleidete sich an.

Sie wollten ausgehen, um einen Grabstein zu besehen. Bai wollte hier in Kopenhagen einen Grabstein für Kathinka kaufen.

Er war bei drei, vier Steinhauern gewesen und hatte sich noch nicht entschließen können.

Kjär war etwas ungeduldig, daß er so mit ihm zwischen allen diesen Steinen umherlaufen mußte.

„Es ist ja sehr hübsch von dir, alter Freund. – Es ist ja *sehr* hübsch von dir... aber sie liegt ja ebenso gut ohne Stein."

Bai war halb gerührt, während er zwischen all diesen Kreuzen und Säulen mit Marmortauben und Engelsköpfen umherging.

Heute mußte er sich entschließen, es war der letzte Tag.

Er wählte ein großes graues Kreuz mit ein Paar Marmorhänden, die sich im Händedruck unter dem Schmetterling des Lebens vereinigten.

Bai stand lange vor dem Kreuz mit den beiden Händen und dem Schmetterling.

„Schöner Gedanke," sagte er, indem er zwei Finger über die Augen gleiten ließ: „Glaube, Liebe, Hoffnung."

Kjär verstand nicht immer, was Bai meinte, wenn er traurig war.

„Ja, ein netter Gedanke," sagte er.

Am Abend gingen sie in das königliche Theater.

Nach dem Theater wollten sie hinaus in die Vorstadt. „Ich bedanke mich," sagte Kjär, „die Bänke zu wärmen und diesem Gelichter aufzulauern."

Kjär ging nach Hause und Bai ging allein. Die Leute sollten nicht sagen, daß er nicht bis zum letzten Augenblick ausgehalten habe.

Er betrat das Lokal, von der Bande war noch niemand da. Er setzte sich auf die Galerie und wartete.

„Nein, ich danke," er wünsche nichts... „Eine Flasche Selterswasser."

Er saß da und schaute in den Saal durch den Tabaksrauch auf die acht Mädchen hinab, die auf der Tribüne im Kreise saßen, und auf die Zuschauer. „Bei Gott, lauter Jungen... Natürlich haben sie alle einen Griff in die Kasse ihres Prinzipals getan!" dachte Bai...

„Lauter Jungen," sagte er wieder.

Unten wurde geschrien und mit den Stöcken auf den Tisch geklopft: eine englische Tänzerin schlug mit großer Energie die Röcke über dem Kopf zusammen. Bai hatte diese Röcke jeden Abend fliegen sehen.

Und er sah fast ärgerlich auf die Begeisterung hinab, die durch die Stöcke zum Ausdruck gebracht wurde.

„Es war auch der Mühe wert, so viel Skandal zu machen," sagte er.

Er trank das Selterswasser schnell aus und fuhr fort den Saal zu betrachten: die acht Mädchen, die wie eine Reihe schläfriger Hühner auf ihrer Stange dasaßen, und die Jungen, die ihnen Beifall klatschten, um sich einzubilden, daß es amüsant sei... Er hatte fast drei Viertelstunden gewartet und die Bande kam nicht.

Übrigens war es ihm ganz lieb, daß sie fortblieben – mit ihren „Rotwangigen".

„Eine alte Judenmamsell kann man am Ende überall finden"...

Bai sah nach der anderen Seite hinüber: ein paar Herren scherzten mit zwei jungen Mädchen; das eine von ihnen war hübsch und frisch mit ein paar Lachgrübchen... Der junge Mann beugte sich hinüber und stahl einen Kuß unter ihrem Schleier.

Die Bande kam noch immer nicht. Bai fühlte bald etwas wie Arger, während er immerfort diese beiden Tauben ansah, die sich schnäbelten.

„Es kommt, weiß Gott, niemand... Na – wenn sie einen ordentlich gerupft haben..."

Das Lokal begann sich zu leeren, das Parkett war nur noch spärlich besetzt und von der Galerie verschwand Paar auf Paar über die Treppe.

Der Rauch und der Bierdunst lag dick und schwer über den Tischen mit den verlassenen Gläsern... oben auf der Galerie trippelte nur noch die ältere Jüdin hin und her und nickte Bai verführerisch zu.

Das Gas war bereits halb niedergeschraubt und Bai saß noch da, den Kopf in beiden Händen, und starrte auf diesen öden und schmutzigen Saal hinab.

Er stieß einen Fluch aus, als er sich erhob.

Die ältere Dame machte sich an der Tür bemerkbar.

„Der Herr ist noch immer hier?" sagte sie.

„Nein – zu allen tausend Teufeln!"

Bai schüttete seine ganze Erbitterung in dem Stoß aus, den er der älteren Dame versetzte.

„Was," heulte die Dame, „so behandelt man eine Dame... eine Hausbesitzerin?"

Kjär war schon zu Bett.

„Na," sagte er, „habt ihr euch amüsiert?"

Bai zog die Stiefel aus.

„Sie waren gar nicht da," sagte er halblaut.

„Pack!" rief Kjär.

Bai entkleidete sich, ohne zu sprechen.

Er lag eine Weile bei brennendem Licht, dann löschte er es aus.

„Sind wir verstimmt, Alter?" fragte Kjär.

„Nein"...

„Na... gute Nacht!"

„Aber wir fangen an alt zu werden," sagte Bai. „Ja," fuhr er langsam fort, „das ist die Sache."

Kjär drehte sich im Bette um: „Unsinn!" sagte er.

Bald darauf schnarchte er, aber Bai konnte keinen Schlaf finden. Es war ihm, als ob er den Bierdunst noch die halbe Nacht lang rieche, und er lag da und wälzte sich hin und her.

Am nächsten Morgen, als er seinen Koffer packte, fiel Kathinkas Photographie zwischen zwei Taschentüchern heraus auf die Erde.

Frau Abel hatte sie ihm mit eingepackt.

Sie hatte sie zärtlich angeblickt und in Seidenpapier gehüllt.

„Die Teure!" hatte sie gesagt.

Luise die Älteste, „meine Letzte", war wütend gewesen. „Blech! – Willst du ihm nicht lieber auch eine Spieldose mitgeben?"

Daß sie ihm „die lieben Melodien" vorspielt.

Luise die Älteste hatte die häßliche Angewohnheit, ihre Mama nachzuahmen, wenn ihr etwas gegen den Strich ging.

Die Witwe Abel hatte das Bild stillschweigend zwischen die beiden Taschentücher gelegt.

„Er soll ein Stück von seinem Heim mitnehmen..."

Bai nahm das Bild vom Boden auf und schaute es fortwährend mit schwimmenden Augen an.

Die Familie Abel war auf der Station, um den Inspektor Bai zu empfangen. Die Zimmer waren osterrein und glänzten vor Sauberkeit mit weißen Gardinen und frischer Luft.

Bai saß im Sofa vor dem gedeckten Tisch.

„Man kehrt wieder heim zu seiner Häuslichkeit," sagte er.

„Daheim ins Nest."

Er aß und trank, als hätte er auf der ganzen Reise keinen Bissen gegessen.

Frau Abel saß mit feuchten Augen da und sah liebevoll „unseren Heimgekehrten" an.

Er erzählte von der Reise.

„Die Theater," sagte Frau Abel, „die Saison –"

Einen Grabstein hätte er gekauft... ein verteufelt hoher Preis.

„Daran denkt man ja nicht," sagte die Witwe Abel... „der letzte Liebesbeweis."

Ja, das hatte er auch zu Kjär gesagt... „der letzte Liebesbeweis."

Luise die Älteste wurde nie fertig mit ihren Überraschungen. „Nicht sehen!" sagte sie, indem sie ihm die Hand vor die Augen hielt, während die Witwe den Deckel von der letzten Ragoutschale abhob.

„Ja, was sie alles bereitet hat,“ sagte Frau Abel und lächelte, „meine Älteste.“

„Haustiere sind wir doch alle,“ sagte Bai, „Gewohnheitstiere“. Er legte beide Hände auf den Tisch und schaute fröhlich drein, während er Ruhe hielt. Es war im Oktober. Auf dem Perron war es ganz voll zum Nachmittagszug. Die kleine Jensen und alle von Lindes und die von der Mühle waren zugegen.

Die Witwe Abel wollte abreisen, um das Heim für Ida die Jüngste einzurichten.

„Luise kommt nach,“ sagte sie, indem sie ihre Letzte um den Hals faßte. „Sie liebt die Heimat, sie kommt erst zur Hochzeit nach,“ sagte sie.

Die Hochzeit sollte bei „meiner Schwester, der Etatsrätin,“ stattfinden. „Dort haben sie sich gefunden,“ sagte die Witwe.

Der Zug wurde gemeldet. Bai kam mit dem Gepäckschein und dem Billet: „Er ist meine Vorsehung gewesen,“ sagte die Witwe Abel, indem sie ihm zunickte.

Der Zug kam über die Wiese: „Grüßen Sie Ida,“ sagte der alte Pastor, „wir denken an sie – – an ihrem Ehrentage.“

„Das wissen wir,“ sagte die Witwe, „wir wissen, wo die guten Gedanken sind.“ Sie war sehr bewegt und küßte alle. „Ja,“ sagte sie, „das ist eine Reise, um ein Kind zu verlieren.“

Der Zug hielt: „Na – liebe Frau Abel,“ sagte Bai, „jetzt ist es Zeit.“

„Und – meine Luise – – – Sie passen wohl auf sie,“ rief sie, während Bai sie bereits in das Kupee hineingehoben hatte...

„Leben Sie wohl, Frau Linde... leben Sie wohl...“

Luise sprang auf das Trittbrett und küßte die Mutter... „Zuletzt!“ sagte sie, indem sie sich emporstreckte, so daß man ihre Schönheit sehen konnte.

„Luise!“ schrie die Witwe. Der Zug hatte sich bereits in Bewegung gesetzt.

Bai fing Luise, ihre Letzte, auf... Es entstand ein Fächeln und ein Winken, bis man nichts mehr vom Zuge sah.

Lindes gingen mit den Leuten von der Mühle heim.

Luise die Älteste wollte etwas in der Posttasche nachsehen und lief vor Bai ins Bureau... Sie lachten drinnen, so daß man es draußen auf dem Perron hören konnte.

Die kleine Jensen stand zusammengesunken an einen Pfahl gelehnt. Der Stationsdiener hatte die Milchkannen vom Perron geschafft und die Weiche gewechselt. Und Fräulein Jensen stand noch da, allein, an ihren Pfahl gelehnt.

Lindes waren zu Hause.

Der alte Pastor saß mit Agnes in der Wohnstube, während „Mutter" nach dem Tee sah.

Es war halbdunkel. Der alte Pastor konnte Agnes kaum sehen, die am Klavier saß. „Singe eins deiner Lieder," sagte er.

Agnes ließ die Hände eine Weile über die Tasten gleiten, langsam auf und ab, dann sang sie mit halber Stimme – mit ihrem tiefen Alt – den Gesang von Marianna.

> „Unter des Grabes Rasen schlief
> die arme Marianna,
> Kam die Maid und beklagte tief
> die arme Marianna."

Es wurde still in dem dunklen Zimmer.

Der alte Pastor schlummerte ein wenig mit gefalteten Händen.

Ende